후아유

조진행 판타지 장편소설

FANTASY STORY & ADVENTURE

12

dream books
드림북스

후아유 12 (2부) 새 하늘과 새 땅 (완결)

초판 1쇄 인쇄 / 2014년 11월 14일
초판 1쇄 발행 / 2014년 11월 17일

지은이 / 조진행

발행인 / 오영배
책임편집 / 편집부
펴낸 곳 / (주)삼양출판사 · 드림북스

주소 / 서울특별시 강북구 솔샘로67길 92
대표 전화 / 02-980-2112 팩스 / 02-983-0660
편집부 전화 / 02-980-2116 팩스 / 02-983-8201
블로그 / blog.naver.com/dreambookss

등록번호 / 제9-00046호
등록일자 / 1999년 3월 11일

값 9,000원

ISBN 978-89-542-5525-7 (04810) / 978-89-542-4103-8 (세트)

* 지은이와 협의하에 인지는 생략합니다.
* 잘못된 책은 구입한 곳에서 바꾸어 드립니다.

이 도서의 국립중앙도서관 출판시도서목록(CIP)은 서지정보유통지원시스템 홈페이지(http://seoji.nl.go.kr)와
국가자료공동목록시스템(http://www.nl.go.kr/kolisnet)에서 이용하실 수 있습니다.
(CIP제어번호: 2014032303)

후아유
조진행 판타지 장편
12
FANTASY STORY
새 하늘과 새 땅
dream books
드림북스

Who are you
후아유

12 새 하늘과 새 땅

Contents

제1화

무서운 이야기

"유희의 인간(Homo Ludens)"이라는 말이 있다. 잘 노는 사람이라는 뜻이다. 사람은 노동의 고통을 덜거나 효율을 높이기 위해 논다. 생활이 어느 정도 안정되면 놀이 자체를 즐기기도 한다. 그런 의미에서 놀이는 방편이자 목적이 된다.

놀이의 소재는 다양하다. 특별한 도구나 장비가 필요한 것도 있지만, 그렇지 않은 것도 있다. 예컨대 말로 하는 놀이는 입만 있으면 된다. 말에는 특별한 기술도 필요치가 않다. 서로 간에 웃긴 이야기를 나눈다거나 오싹한 이야기로 시간을 때우면 되는 것이다.

언제부터인가 정착지의 사람들도 소소하게나마 그런 놀이를 즐겼다. 여가 시간이나 해가 떨어진 뒤에 친한 사람들끼리 모여 잡담을 나누었다. 잡담의 소재는, 아무래도 시대를 반영하다 보니 웃긴 이야기보다는 오싹한 이야기가 주를 이루었다.

사람들은 경쟁적으로 오싹하고 무서운 이야기들을 쏟아 냈다.

그날도 저녁 식사 후 식당 한구석에 십여 명의 젊은이들이 모였다.

누군가의 무서운 귀신 이야기 덕분에 모처럼 분위기가 한껏 달아올랐다.

아직도 잠자리에 들기까지는 많은 시간이 남아 있다.

사람들은 누군가 이야기를 이어주길 바라며 서로 눈치를 살폈다.

지난 며칠간 남의 이야기를 듣기만 하던 박철우가 조심스럽게 입을 열었다.

"이건 우리 할머니에게 들은 실화인데요. 여러분도 조심하시라는 의미에서 말씀 드릴게요."

"뭔데요?"

"우리와도 관계가 있는 이야기인가요?"

박철호는 누가 봐도 좋아할 생김새의 사내다.

그러다 보니 시작도 하기 전에 여자들이 적극적으로 관심을 보였다.

"우리도 조만간 집단농장에서 농사일을 하게 될 테니까 관계있다고 말씀 드릴 수 있습니다."

농사일과 관계된 이야기라는 말에 사람들의 눈이 빛났다. 대부분 도시 생활을 하던 사람들인지라 궁금해 하는 눈치다.

"6. 25때 강제 부역을 나가신 할머니는 모내기에 동원된 적이 있으셨답니다. 다들 모내기가 뭔지 TV에서 보셨죠? 물이 발목까지 차있는 논에 들어가서 벼를 심는 거죠. 그런데 그 논에 유달리 거머리가 많았답니다. 그래서 할머니는 몸에 붙은 거머리를 떼어내느라고 정신이 없었다고 하네요."

"거머리요?"

단발머리의 여자가 묻자 긴 생머리의 여자가 답했다.

"색깔이 빨갛고, 지렁이같이 생긴 거 있어요. 피부에 달라붙어서 피를 빨아 먹어요."

"아! 얘기는 들은 거 같아요. 그거 병원에서도 쓰지 않나요? 어디서 들은 거 같은데……."

"그러기도 할 거예요. 철호씨, 그래서 어떻게 됐어요?"

긴 생머리는 단발머리의 이야기를 끊고 박철호에게 시선을 돌렸다.

"아, 예, 그럼 계속하겠습니다. 그 마을에 약간 모자란 청년이 하나 있었답니다. 누군가 장난으로 이 청년의 머리 위에 거머리를 던졌대요. 그런데 그만 이 둔한 청년은 그걸 몰랐다고 합니다. 자기 머리 위에 거머리가 있는데 그걸 모르고 넘어간 거죠."

"……."

박철호는 사람들의 호기심 어린 표정을 천천히 둘러본 후에 말을 이어 나갔다.

"어느 날 빨갱이들이 마을 회관에 사람들을 불러 모았답니다. 이 모자란 청년도 모임에 끌려 나갔죠. 그런데 이 청년이 사람들 속에서 자꾸 머리를 긁더랍니다. 처음에는 그런가 보다 했는데, 너무 긁으니까 몇 사람이 주의를 주려고 쳐다봤대요. 그때 이 청년이 자기 머리를 긁다가 커다란 딱정이를 하나 떼어 냈는데…… 거기에 거머리 새끼들이 바글바글 붙어 있더랍니다. 거머리가 머리에 파고들어 가서 알을 깐 거죠."

"윽!"

"꺄악!"

"거짓말……."

"아후! 머리 가려워……."

사람들의 반응은 제각기 달랐다.

그래도 지난 며칠간의 이야기들과 비교할 수 없을 만큼 재밌었던 지라 다들 즐거워하는 표정이다.

워낙 강한 충격 때문일까?

다음에 이야기를 이어갈 사람이 좀처럼 나타나지 않았다.

누가 "머리에서 거머리가 쏟아져 나온 이야기"를 누를 수 있단 말인가!

박철호는 머리를 긁적이는 사람들을 뿌듯한 눈으로 바라보았다.

사방에서 "거머리가 어쩌고" 하는 이야기가 들려왔다.

시간이 흘러 분위기가 조금 가라앉을 무렵이다.

청년들 속에서 착 가라앉은 음성이 들려 왔다.

"저는 그런 거짓말 말고, 진짜 무서운 실화를 들려 드리겠습니다."

"실화라고요?"

"징그러운 이야기는 싫어요!"

"맞아요! 이제 거머리 같은 얘기는 하지 마세요!"

몇몇 십 대의 여자 아이들이 소란을 떨었다.

이십 대 초반의 남자, 문용진이 가볍게 웃으며 말했다.

"걱정 마세요. 이건 징그럽거나 그런 건 아니니까. 조금 잔인하고도 끔찍한 이야기입니다. 들을 준비되셨나요? 시작할까요?"

문용진은 마치 웅변을 하는 사람처럼 자리에서 일어나 식당 안의 사람들을 찬찬히 둘러보았다.

사람들 앞에서의 행동이 자연스러운 걸 보면, 전쟁 전에 남들 앞에 설 일이 많았던 모양이다.

"네! 시작하세요!"

여자 아이들이 화답하듯 소리를 질렀다.

문득 문용진의 얼굴에 미소가 떠올랐다.

이렇게 많은 사람들의 시선을 다시 받아 보는 게 얼마만인지 모른다. 전쟁이 터지기 전에는 대학의 총학생 회장으로 많은 일을 했었다. 전쟁으로 나라가 망한 뒤 과거의 영화를 잊고 살았는데, 다시 가슴에서 피가 끓어오르는 느낌이다.

"먼저 이 일은 비밀이니까 모두 이 자리에서 듣고 잊어 주셔야 합니다. 약속한다면 들려드리지요."

문용진은 처음 이 공동체로 들어올 때의 약속이 마음에 걸렸다.

하지만 이미 서울에서 어떤 일이 벌어지고 있는지 알 만한 사람은 다 안다.

그런 생각에 문용진의 경계심이 조금 느슨해졌다.

"예! 비밀 지켜드릴게요!"

"어서 시작하세요!"

청년들이 이구동성으로 외쳤다.

그 말에 고무된 문용진이 해서는 안 될 이야기를 꺼냈다.

"여러분도 서울이 흡혈귀들에게 점령당한 건 알고 있을 겁니다. 이건 흡혈귀에 관한 이야기입니다."

사람들은 문용진의 입에서 눈을 떼지 못했다.

그들이 떠나온 서울에 대한 알려지지 않은 이야기인 탓이다.

"흡혈귀가 서울에서 처음으로 사람을 잡아먹은 이야기를 들려드리지요."

"……."

사람들은 숨소리조차 죽였다.

고요한 가운데 문용진의 이야기가 이어졌다.

"강남의 주거 지구에 낡은 아파트가 하나 있습니다. 주로 재건 정부의 관계자들이 입주해서 사는 곳이죠. 그런데 그곳에 한 여자가 혼자서 살고 있었답니다. 그런데 어느 날 이 여자가 옆집에서 망치를 빌려갔다네요. 그리고 돌려주지 않는 거예요. 옆집 남자는 사흘을 기다리다가 참지 못하고 여자를 만나러 그 집에 갔죠. 서울은 사람들이 주간에 음식을 구하러 다니니까 밤에 찾아가야 합니다. 그날은 비가 부슬부슬 내리는 밤이었지요."

문용진은 음산한 음성으로 "부슬부슬"이라는 말을 강조했다.

여자와 아이들은 벌써부터 옆 사람을 잡고 떤다.

실화라니까 더 무서운 모양이다.

"남자는 문을 쾅! 쾅! 쾅! 두드렸습니다. 그런데 대답이 없는 겁니다. 이미 9시가 넘어서 집에 있을 시간인데 말이죠. 그래서 홧김에 문고리를 확 잡아 틀었답니다. 열릴 거라는 생각보다는 그냥 신경질적으로 잡아챈 거죠. 그런데 잠겨 있는 줄 알았던 문고리가 돌아가더랍니다. 남자는 문을 열고 안으로 들어갔죠. 그런데 이상한 냄새가 집 안에 가득한 겁니다. 남자는 더듬더듬 거리면서 거실로 갔습니다. 그런데 거실 탁자를 더듬는데 뭐가 만져지더래요. 이게 뭐지? 하고 만지는데, 그 순간 꽈꽝! 하고 번개가 친 거예요."

문용진은 최대한 현장감 있게 이야기를 풀어냈다.

긴장한 분위기에서는 낮은 음성으로, 천둥소리를 낼 때는 크게.

그런 문용진의 이야기에 담력이 약한 사람들은 벌써부터 "꺄악! 꺄악!" 하고 소리를 질러 댔다.

"번갯불이 번쩍인 순간 남자는 그만 놀라서 '으악!' 하고 소리를 지르면서 뒤로 넘어가고 말았습니다. 자기가 더듬고 있던 게 옆집 여자의 머리였던 거예요. 흡혈귀가 여자의 피를 빼먹고, 머리를 잘라서 거실의 탁자 위에 올려놓았던 겁니다. 아침에 가보니 거실 바닥이 핏물로 끈적끈적 하더랍니다."

"……."

사람들은 비명을 지르지 않았다.

실제로 살해된 여자를 생각하다 보니 호들갑을 떨 기회를 놓치고 만 것이다.

한참 만에 한 여자가 물었다.

"그 아파트에 사는 사람이 재건정부 관계자의 가족들이라면서요? 누군지 혹시 아세요?"

재건정부에 아는 사람이 있어서 궁금했던 모양이다.

문용진이 어깨를 으쓱해 보였다.

"거기까지는 확실히 모르겠습니다. 얼핏 듣기로 경비 대장의 여자였다는 소문도 있던데."

여자가 확인하듯 되물었다.

"경비 대장이면 박세기 씨요? 아니면 그 전인 박영찬 씨요?"

"아! 박영찬 경비 대장의 여자라고 들었습니다. 그래서 집도 내주고, 한동안은 우대자 혜택도 받은 것 같다고 하더군요."

"어머! 그분이라면 김소영 씨 같은데……."

여자의 말이 끝나기가 무섭게 여자아이가 소리를 빽 내질렀다.

"아악! 아니야! 거짓말하지 마! 우리 엄마 아니야! 우리 엄마 아니라고! 아니야! 아니야!"

강하연이 두 손으로 귀를 막고 소리를 질러 댔다.

뒤늦게 강하연을 알아본 사람들의 안색이 변했다.

강하연의 비명이 계속되자 사람들은 하나둘씩 자리를 떴다.

비명 소리를 듣고 어른들이 몰려들었다.

그리고 한 시간 뒤, 안상혁이 전체 주민회의를 소집했다.

아이들을 제외한 성인들이 식당에 모여들었다.

모두가 딱딱하게 굳은 얼굴들이다.

오늘 회의가 왜 열리게 되었는지 소문으로 들은 탓이다.

회의에 참석한 이백여 명의 사람들을 둘러보던 안상혁이 입을 열었다.

"우리 공동체의 규칙은 어렵지 않습니다. 오히려 과거 다른 공동체의 그것과 비교하면 지나치게 간단한 편입니다. 지휘부의 지시를 따르는 것이 시작이고 끝입니다. 그런데 오늘 입주하던 날 지휘부와 약속한 '비밀엄수의 의무'를 깨는 일이 일어났습니다. 이에 지휘부는 '문용진 씨의 퇴거'를 통보하는 바입니다."

문용진의 얼굴이 하얗게 질려 갔다.

이곳에서 나가면 굶어 죽거나 얼어 죽을 수밖에 없다.

떨고 있는 아들의 어깨를 문정원이 토닥였다.

그리고 조용히 손을 들었다.

"이의 있습니다."

안상혁이 야릇한 눈으로 문정원을 바라보았다.

"뭡니까?"

"우리 아들이 실수한 것은 인정합니다. 그런데 어차피 흡혈귀의 이야기는 더 이상 비밀도 아니지 않습니까? 아닌 말로 내 아들이 김소영 씨를 죽인 것도 아니고, 잘못은 흡혈귀가 했는데 우리 아들이 그 죄를 뒤집어써서야 되겠습니까? 강유진 씨가 이 공동체에서 큰 권력을 가지고 있는 건 사실이지만, 그래도 이성적으로 좀 판단합시다. 당장 나가라는 말은 죽으라는 소린데, 그게 사람이 죽을 정도로 잘못한 일은 아니지 않습니까?"

문정원의 주변에 있는 십여 명의 사람들이 고개를 주억거렸다.

확실히 그의 말대로 입을 잘못 놀린 게 죽을죄는 아니었다.

"이 자리는 문용진 씨 가족의 변명을 듣기 위한 자리가 아닙니다. 지휘부에서 퇴거를 통보하기 위해 여러분들을 소집한 것입니다. 우리 공동체의 규칙은 '지휘부의 지시에 따른다' 입니다. 잊으셨습니까?"

흥분한 문정원이 안상혁에게 삿대질을 했다.

"아니! 당신들 지휘관들이 무슨 신이라도 됩니까? 누가 당신들에게 사람을 죽일 수 있는 권리를 줬습니까? 막말로 이 공동체를 유지하고 있는 건 우리 일반 시민들의 노동력 아닙니까? 우리 노동자들이 이 새로운 공동체를 유지하고 지탱하는 근본이며, 주인입니다! 몇몇 능력 있는 과학자와 그 지인들이 이 공동체의 주인이 아니라는 말입니다. 내 말이 틀렸습니까?"

사람들의 시선이 일제히 안상혁에게로 향했다.

초기 정착자들이 조마조마한 표정이라면, 뒤에 합류한 사람들은 불만이 가득한 얼굴이다.

안상혁은 태연하게 답했다.

“틀렸습니다. 이 공동체의 주인은 다수의 노동자들이 아니라 소수의 지휘자들입니다. 지휘자들은 여러분들의 노동력이 없이도 이 공동체를 운영해 갈 수 있습니다. 그러나 지휘자들이 없으면 이 공동체는 유지되지 못합니다. 그러니 지휘자들이 주인이지요.”

“그 무슨 말도 안 되는 소리를! 그거야말로 당신 혼자만의 망상일 뿐이요! 우리 시민들의 노동력이 없으면 이 공동체는 무너집니다! 어떻게 당신처럼 단순무식한 사람이 이곳의 대표자가 됐는지 알 수가 없소! 듣자 하니 과거에 빨갱이 짓도 했다던데! 물러나야 할 사람은 바로 당신이오! 여러분 그렇지 않습니까?”

문정원의 말에 백여 명의 사람들이 고개를 주억거렸다.

그간 문정원과 재건정부 출신의 사람들에게 정신교육을 받은 사람들이다.

안상혁의 얼굴에 재미있다는 표정이 떠올랐다.

“좋습니다. 이왕 말 나온 김에 나도 물어 봅시다. 그럼 당신의 생각에는 누가 공동체의 대표로 어울린다고 생각합니까?”

“최소한 당신보다는 박세기 씨가 더 낫지요. 그분은 당신처럼 그렇게 망상에 사로잡혀 있지 않을 겁니다.”

안상혁이 머리를 설레설레 저었다.

“당신은 내가 한 말이 나 혼자만의 의견이라고 생각하는 겁니까? 지휘자들은 나만 있는 게 아닌데요. 박세기 씨도 지휘자 중의

한 사람입니다."

박세기는 갑자기 자신의 이름이 오르내리자 곤혹스러운 표정을 감추지 못했다.

돌연 문정원이 박세기를 향해 물었다.

"박세기 씨! 나는 박세기 씨가 저런 미친 주장에 동의하지 않을 거라고 생각합니다. 박세기 씨는 이 공동체가 누구를 위해 있으며, 주인이 누구라고 생각하십니까?"

박세기가 일 초의 망설임도 없이 단호하게 답했다.

"누가 뭐라고 해도 이 공동체의 주인은 지휘자들입니다. 지휘자들이 없으면 이 공동체는 분해가 되고 말 겁니다."

"이런 제길! 당신도 한통속이었군! 여러분! 지휘자들의 정신상태가 이렇습니다. 이건 독재를 넘어선 광기예요. 광기에 사로잡힌 지휘자들이 공동체를 이끌어가게 할 수 없습니다! 전부 갈아엎어야 합니다! 행동하는 양심을 보여 줍시다!"

"……."

사람들이 서로의 눈치를 살피기 시작했다.

안상혁과 박세기의 극단적인 발언에 무려 절반 가까운 사람들이 동요하는 얼굴이다.

문정원이 쉰 목소리로 외쳤다.

"여러분이 지금 침묵한다면, 오늘은 제 아들인 문용진이 쫓겨나겠지요! 그러나 내일은 여러분이 쫓겨나게 될 겁니다! 독단적인 권력자들에 의해 나라가 망했어요! 이런 미친 짓을 보고도 저항하지 않는다면, 이 공동체는 반드시 멸망하게 될 겁니다!"

"……소문 좀 흘렸다고 죽으라는 건 좀 심했지요."

"일방적인 퇴거는 아닌 것 같습니다."

"소수의 지휘자가 이곳의 주인이라는 인식은 확실히 문제가 있어 보입니다."

"지휘자들이 너무 독단적이네요."

"결국 새로운 형태의 독재인가요?"

사람들이 한마디씩 던지면서 식당은 금방 시장통으로 변해 갔다.

거의 절반에 가까운 사람들이 문정원의 의견에 지지를 표명했다.

지휘자들을 지지하는 사람들도 있었지만 목소리를 크게 내지는 않았다.

그들 대부분이 강유진의 능력을 지켜본 사람들이다. 그들은 지휘자들이 알아서 처리할 거라는 믿음으로 관여하지 않았다.

문정원이 득의의 표정으로 안상혁과 박세기를 번갈아 바라보았다.

"시민들은 당신들의 의견에 공감하지 않는 것 같군요. 나는 공동체의 주인인 시민의 이름으로 지휘자들을 탄핵하겠습니다. 당신들은 권력을 시민에 반납하고, 즉시 지휘자의 자리에서 내려오십시오!"

사람들의 난상토론을 지켜보던 안상혁이 피식 웃었다.

"문정원 씨, 재건정부 출신의 인사라고 하더니 정치를 아주 잘하십니다?"

순간 문정원의 안면근육이 꿈틀거렸다.

저건 시민을 버리고 탈출한 지도자라고 놀리는 말이나 다름없었다.

그래도 문정원은 화를 내지 않았다.

노련한 정치인은 면전에서 욕을 먹어도 웃으며 응대할 줄 알아야 한다.

"당신의 말이 맞습니다. 우리 재건정부 인사들은 서울을 포기했습니다. 인력으로 감당할 수 없는 사태 앞에서 어쩔 수 없었지요. 그래도 우리는 사람을 죽음으로 내몰지는 않습니다. 재건정부라는 이름으로 독재를 하지도 않았습니다."

문득 문정원이 말을 끊고 사람들을 둘러보았다.

"여러분, 이 공동체에서 지휘자는 최선이 아니라 차악(次惡)이 되었습니다. 과거 한국의 정치권에서 보여주던 그 모습 그대로입니다. 그러나 이제는 타락한 지휘자들을 굳이 둘 필요가 없습니다. 우리 시민은 성숙해요. 자신의 위치에서 주어진 일을 잘 감당하고 있습니다. 필요하다면 시민의 대표를 뽑고, 시민의 음성에 귀를 기울여, 합리적으로 운영해 나가면 됩니다."

문정원의 말이 끝날 무렵, 강유진이 들어왔다.

…….

한순간 식당에 모여 있던 사람들 모두가 입을 다물었다.

강유진의 존재감은 안상혁이나 박세기에 비할 바가 아니다.

강유진을 가까이서 경험한 사람들은 경외감으로 그를 바라보았다.

한편 강유진에 대한 신화와 같은 이야기를 소문으로 들은 사람들은 반신반의의 눈빛이다.

갑작스러운 강유진의 등장에 식당의 분위기는 진정 국면으로 접어들었다.

곧이어 삼십 여명이나 되는 경비대 병력이 따라 들어왔다.

척척척척.

경비대는 식당의 벽을 등지고 사람들을 감시하는 형태로 둘러섰다.

무장을 한 경비대의 그런 모습에 분위기는 차갑게 얼어붙었다.

강유진은 말없이 뚜벅뚜벅 걸어가 한쪽 자리에 앉았다.

그리고 안상혁에게 손을 까닥이며 "계속해"라고 말했다.

안상혁이 눈인사를 보낸 후 문정원에게 시선을 돌렸다.

"지휘자들을 악으로 규정한 문정원 씨도 퇴거조치 하겠습니다. 문정원 씨처럼 지휘자들을 부정하는 사람들도 모두 퇴거 조치하겠습니다."

"흥! 누구 맘대로!"

문정원이 신경질적으로 소리를 내질렀다.

"총칼로 사람들을 압제하던 시절은 지나갔어! 당신들에게만 그게 있는 건 아니니까!"

콰당.

일단의 사람들이 문을 박차고 안으로 밀려들어 왔다.

무장을 한 또 다른 경비 대원들이었다.

그들은 앞서 들어온 경비 대원들의 맞은편에 자리를 잡았다.

반대파로 보이는 경비 대원은 대략 이십여 명.

사람들 사이에 가벼운 소란이 일어났다.

당장 유혈충돌이 일어날 듯한 분위기니 그럴 만도 하다.

안상혁이 질렸다는 듯 고개를 설레설레 저었다.

인간의 어리석음이란!

정치인들의 세 치 혀에 공동체는 또다시 분란의 위기를 맞게 된 셈이다.

박세기는 경비 대원들의 반란에 책임을 느꼈다.

모든 게 경비 대장인 자신의 잘못으로 생긴 일 같았다.

“하아!”

한숨을 내쉬며 반란군들을 하나하나 살펴보았다.

그들을 지휘하는 사람은 놀랍게도 부대장인 이영환이었다.

그렇게 잘 이끌어 줬는데 자신의 뒤통수를 친 셈이다.

‘제길! 어쩐지…….’

저렇게 많은 놈들이 반란군 쪽으로 넘어갔는데 아무도 모르고 있었다. 내부에서 누군가 정보를 통제하지 않으면 불가능한 일이다.

설마 동생처럼 데리고 다니던 이영환이 배신을 하다니!

믿는 도끼에 발등을 찍힌다는 게 이런 경우를 두고 하는 말 같다.

그런 이영환에게 문정원 일당을 잘 감시하라고 했으니 이런 코미디도 없다.

박세기는 넋이 나간 얼굴로 배신자들을 둘러보았다.

가끔 눈이 마주친 사람들의 얼굴에는 전과 달리 냉소가 가득했다.

마치 부패한 정권을 엎어 버리고 있는 혁명가들의 얼굴이다.

‘이런 미친! 얼어 죽고, 굶어 죽고, 흡혈귀에게 피 빨려 죽을 놈들을 살려 줬더니…….’

원수를 대하듯 하는 표정들이다.

박세기는 저도 모르게 중얼거리고 말았다.

"아무리 봐도 인간은 쓰레기야. 재활용해서는 안 되는 쓰레기……."

그 말에 안상혁은 불안한 눈으로 강유진을 바라보았다.

다행히 강유진의 표정에는 변화가 없었다.

아니, 오히려 강유진은 시간이 갈수록 무덤덤해 보인다.

안상혁이 강유진에게 다가가 물었다.

"형님, 어떻게 하시렵니까?"

"그걸 왜 나에게 물어? 이런 일은 네가 전문이잖아. 그리고 신경 쓰기 싫어서 너에게 맡긴 거니까 네 마음대로 해."

"제 마음대로요?"

"그래."

"정말 그래도 됩니까?"

"사람마다 잘 하는 일이 다르니까. 조직의 문제에 관한한, 내가 어떻게 처리해도 너보다는 못할 거다."

"감사합니다. 그럼 제 뜻대로 하겠습니다."

안상혁이 목례를 해 보인 후에 문정원을 향해 돌아섰다.

"문정원 씨, 원하는 게 뭡니까? 전쟁입니까? 대화와 타협입니까?"

강유진과 안상혁을 조마조마한 마음으로 지켜보던 문정원이 어깨를 펴며 말했다.

“전쟁을 원하는 사람은 없소.”

“그런 사람이 순진한 사람들을 꾀어서 무장봉기를 합니까?”

문정원이 발끈해서 소리쳤다.

“말조심 하시오! 순진한 사람을 꾀다니! 우리는 모두 지휘자들의 전횡에 몸과 마음이 지친 사람들일 뿐이오. 우리가 바라는 것은 권력을 시민에게 돌려주라는 거요.”

“중고등학교 때 배우셨겠지요? 권한에는 책임이 따르는 법입니다. 당신들은 이 공동체를 위해 책임을 질 수 있습니까?”

“그 말은 우리가 책임질 수 있으면 지휘자들이 물러날 수 있다는 뜻이오?”

“혹시 우리가 전투하는 걸 봤는지 모르겠지만, 싸우면 당신들은 모두 죽습니다.”

“그따위 협박에는 넘어가지 않아!”

안상혁이 고개를 끄덕였다.

“물론 그 정도의 각오도 없이 반락을 모의했으리라고는 생각하지 않습니다. 우리는 당신들을 몰살시킬 수 있지만 그렇게 하지는 않을 겁니다. 그 과정에서 애꿎은 희생자가 나올 수 있으니까요. 물론 그걸 노리고 이 자리에 난입한 거겠지만요.”

"잔말 말고 대답이나 하시오! 책임지겠다면 물러날 거냐고 물었지 않소!"

식당에 모인 사람들은 안상혁의 입만 꿇어져라 바라보았다.

"물러나겠냐고 했습니까?"

"그렇소! 당신들이 누리는 절대 권력을 내려놓겠냐고 묻는 거요!"

"같은 인간을 상대로 총을 쏠 수는 없으니 내려놓지요. 아니, 더 나아가서 우리 지휘자들이 그냥 이 공동체를 떠나는 건 어떻겠습니까?"

갑작스러운 안상혁의 제안에 문정원은 잠시 멍한 얼굴이다.

그러나 이내 정신을 차리고 소리쳤다.

"당신들이 정말 떠날 자신이 있으면 그렇게 해도 무방하오. 과연 당신들은 우리 시민들이 가꾸어 놓은 이 풍성한 삶의 터전을 떠날 수 있겠소?"

식당 안은 이제 숨소리도 들리지 않았다.

기득권을 내려놓으라는 주문에서 시작된 충돌이 지휘자들의 퇴출로 이어지고 있었다.

군부대의 튼튼한 방어벽과 과학기술은 물론 엄청난 양의 비상식량을 생각하면 아무리 지휘자들이라 해도 선뜻 나가겠다고 말하기는 어려울 것이다.

대다수의 사람들은 그렇게 생각했다.

하지만 이어지는 안상혁의 대답에 사람들은 술렁거렸다.

"당신들을 죽이기도 싫고, 참고 지켜 주는 것도 싫으니 당장 떠나지요. 어때요? 만족스러운 답이 되었습니까?"

문정원이 쐐기를 박듯 말했다.

"당신의 결정을 다른 지휘자들도 따를 거라고 보장할 수 있소?"

"방금 강 선생님이 나에게 모든 걸 일임한다고 하는 소리를 듣지 못했습니까? 우리 지휘자들은 당신들처럼 이익에 따라 이합집산(離合集散)하는 사람들이 아닙니다. 지금 당장 떠나 줄까요? 짐 꾸려요?"

문정원은 안상혁이 뭘 믿고 저러는지 순간 당황했다.

그러나 이 기회를 놓칠 수는 없었다.

피를 흘리지 않고 권력을 손에 넣을 수 있는데, 그걸 마다할 인간이 어디 있겠는가!

"우리가 붙잡고 매달리길 기대하는 모양인데 크게 잘못 생각한 거요. 여기에서 떠날 용기가 있으면 떠나 보시구려. 굳이 떠나겠다면 우리는 잡지 않겠소."

순간 곳곳에서 뾰족한 외침이 터져 나왔다.

"이봐요! 지금 무슨 소리를 하는 거예요!"

"누구 마음대로 지휘자님들에게 나가라 마라 하는 거요!"

"그러게 적반하장이 따로 없네!"

"지금 굴러 온 돌이 박힌 돌을 파내겠다는 겁니까?"

"대체 당신이 뭔데 여기 있는 모든 사람들을 대표하는 양 말하는 거요?"

"재건정부에서 그렇게 개판을 쳐 놓고 여기까지 기어들어 와서 뭐하는 수작들이야!"

강유진을 따르는 사람들이 항의하자 문정원의 지지자들이 맞고함을 쳤다.

"저 좀 조용히 합시다! 입은 삐뚤어 졌어도 말은 바로 하랬다고, 맞는 말이지 뭐. 그동안 지휘자들이 너무 독선적으로 일 처리를 해 왔잖소! 그들이 민주적으로 일을 했으면 이런 일이 왜 생겨?"

그동안 쌓인 게 많았던 박수명이 언성을 높였다.

전과 달리 이번에는 그의 처도 말리지 않았다. 대세가 문정원에게로 기운 것을 느낀 탓이다.

"독재는 좋지 않아! 과거의 역사를 보고도 모르나?"

"여기가 무슨 강제노동소도 아닌데 그동안 너무 부려 먹었지."

"지휘자들은 노동을 하지도 않잖아! 여자와 어린애들도 노동을 하는데!"

"공산당이 따로 없다니까!"

"딱 보니 공산당이구만."

문정원이 다 이해한다는 애틋한 미소로 손을 들어 올렸다.

시장통 같던 소란이 거짓말처럼 가라앉았다.

"이렇게 합시다. 지휘자들의 종으로 살고 싶은 사람들은 이참에 함께 떠나십시오. 그리고 이성적이며 민주적인 공동체를 건설하고 싶은 분들은 남읍시다. 어떻습니까?"

"당신이 뭔데 떠나라 마라야!"

"못가! 누가 여길 만들었는데 나가라는 거야!"

"당신이 더 독단적이야!"

일단의 사람들이 고함을 질렀다.

문정원이 안상혁에게 어깨를 으쓱해 보였다.

"지휘자 여러분의 의견은 어떻습니까? 당신들을 따르는 사람들이 이곳에 남기를 바랍니까? 아니면 데리고 나가겠습니까?"

안상혁이 앞으로 몇 걸음 걸어 나갔다.

"여러분, 우리 지휘자들은 이곳을 떠날 겁니다. 이유야 어떻든 떠나기로 결정했습니다. 우리를 따라 오든지, 혹은 남든지 여러분의 뜻대로 하십시오."

사람들이 숙연한 얼굴로 안상혁과 강유진을 번갈아 바라보았다.

"우리는 내일 날이 밝는 대로 여기를 나갈 겁니다. 우리가 더 우세한데 왜 나가냐고요? 사람을 상하게 하고 싶지 않아서입니다. 개인적으로는 다른 생각을 품고 있는 사람들까지 먹여 살리고 싶지도 않습니다."

"하하!"

몇몇 사람들이 실소를 흘렸다.

이런 상황 속에서도 농담을 하는 안상혁을 보고 있자니 걱정이 덜어지는 느낌이다.

일촉즉발의 팽팽한 긴장은 그렇게 서서히 풀려갔다.

"강남을 떠났듯, 내일 아침 이곳을 떠날 것입니다. 우리와 함께 떠날 분은 아침 식사 후에 정문 초소 앞으로 모여 주시기 바랍니다. 그리고 이런 문제로 생각이 다른 사람들과 다툴 필요도 없습니다. 그런 싸움이 싫어서 떠나는 거니까요."

"알겠습니다."

"예!"

떠나기로 마음을 정한 사람들이 씩씩하게 답했다.

안상혁이 그런 사람들을 향해 눈을 찡끗해 보였다.

"어차피 거짓은 오래가지 못합니다."

"당연하죠!"

"맞습니다!"

곧이어 안상혁이 경비 대원들에게 시선을 돌렸다.

"여러분도 마찬가지입니다. 우리와 함께 떠날 분은 내일 아침까지 개인 짐을 챙겨서 초소로 모여 주십시오. 이 상황이 당혹스러운, 아직 결정하지 못한 분들에게 마지막으로 한마디 하겠습니다. 맨손으로 이런 공동체를 만든 지도부와 시민들을 버리고 강남에서 탈출한 재건정부입니다. 오늘 선택의 결과는 스스로 책임지게 될 것입니다."

말을 마친 안상혁은 미련 없이 돌아섰다.

자신을 향한 반군의 총은 안중에도 없다는 듯한 모습이다.

다가온 안상혁에게 강유진이 말했다.

"너 상당히 잔인하다."

"그래도 우리 손에 피를 묻히지는 않았지 않습니까?"

"죽고 사는 기회를 줬다 이거냐?"

"예."

"그렇기는 하지만, 왠지 저 사람들이 불쌍하네."

강유진이 반란의 편에 선 사람들을 힐끗 바라보았다.

발전기에 자신이 플라즈마 에너지를 보충해 주는 주기가 일주일이다.

자신이 떠나면 전기의 공급은 일주일쯤 뒤에 끊긴다.

전기가 없다면 이곳은 철과 콘크리트의 무덤으로 변해 버린다.

쐐기를 박듯 안상혁이 주문했다.

"식량 창고는 내일 새벽에 봉인해 주십시오."

"쯧쯧! 그 말을 할 거 같더라."

강유진이 치밀하고도 잔혹한 안상혁의 계획에 혀를 찼다.

"이것도 일종의 자원 전쟁이니까요. 아군의 피를 흘리지 않고 적을 퇴치하는 게 저의 목표입니다."

"문정원이 오늘 밤에 식량 창고를 점령하면 어쩌려고?"

"그래서 명석이를 보냈습니다. 지금쯤 식량 창고를 폐쇄했을 겁니다. 얼마 전에 임 박사님이 잠금장치를 복원해 뒀거든요."

"헐! 잠그기까지 한 걸 또 봉인하라고? 산사태라도 일으켜 묻어 버리라는 소리냐?"

"예, 궁지에 몰리면 무슨 짓을 할지 모르니까요. 또 우리가 자리를 비운 동안 흡혈귀가 털어가지 말라는 보장도 없고."

강유진이 고개를 끄덕였다.

확실히 흡혈귀의 힘이라면 잠금장치를 부수는 것은 일도 아니다.

아예 산으로 덮어 버리면 모를까.

"알았다. 그럼 열흘 정도 주변을 돌아다니다가 오면 되는 거냐?"

"열흘이라고요? 아닙니다. 최소한 한 달은 비워 둬야 다 빠져나

갈 겁니다. 사람의 미련이란 생각보다 끈질긴 구석이 있어서요."

"그러자. 식량은?"

"벌써 설상차에 가득 실어 두었습니다."

강유진이 머리를 설레설레 흔들었다.

안상혁은 이런 일이 일어날 것을 알고 있었던 모양이다.

"그렇게 준비가 철저한 사람이 왜 문정원의 일은 막지 못한 거냐?"

"저라고 어떻게 다 알 수 있겠습니까? 정착지를 비우는 건 비상사태를 대비한 여러 방법 가운데 하나일 뿐입니다."

"그래, 가장 치명적인 방법이지. 그렇게 문정원 일당이 싫다는 거냐?"

침묵하던 안상혁이 고개를 끄덕였다.

"선동가들 때문에 많은 사람이 죽었으니까요."

"공동체의 규모가 커지다 보면 생각도 제각각 달라질 수밖에 없다. 그들의 눈에는 우리가 독선적으로 보였을 수도 있어."

"알고 있습니다. 언젠가는 지휘자 체계에서 협의체 체계로 넘어갈 날이 올 겁니다. 그러나 지금은 아니죠. 문정원과 그를 추종하는 자들이 체제를 뒤엎으려는 것은 특권을 누리고 싶어서입니다. 그거야말로 멸망한 세대의 과오를 답습하는 거죠."

멸망한 세대의 과오를 답습한다는 말에 강유진은 이의를 제기하지 않았다.

문정원 일당의 행동은 지극히 한국적(韓國的)이었다.

"가서 이삿짐이나 꾸리자."

강유진의 표정은 덤덤했다.

전에 강남을 떠날 때와 달리 그렇게 부담스럽지도 않다. 설상차에 식품을 가득 실었고, 식량 창고의 위치까지도 확실히 아는 까닭이다.

제2화

눈 가리고 아웅

그날 밤 이영환이 이십 명의 무장 경비 대원들을 이끌고 식량 창고를 급습했다.

이영환은 한바탕 총격전을 예상했지만, 그런 일은 일어나지 않았다.

지키는 사람이 아무도 없었던 것이다.

덕분에 조용히 창고를 접수할 수 있었지만 소득은 없었다.

창고의 강철문이 굳게 잠겨 있었기 때문이다.

이영환은 일단 창고 앞에 다섯 명을 배치해 사람들의 출입을 통제했다.

강철문은 나중에 천천히 뜯어낼 생각이었다.

그러나 운이 다한 것일까?

새벽에 갑자기 창고 위의 바위산이 굉음을 내며 무너져 내렸다.

당연히 창고는 바위더미에 묻혔다.

마치 새로운 바위산이 하나 솟아난 것처럼 보였다.

이영환으로서는 미치고 환장할 노릇이었지만 어쩔 수 없었다.

강유진 일행이 떠난 아침, 식당에서 첫 주민총회가 열렸다.

삼백여 명에 달하던 사람은 절반으로 줄어들었지만 분위기는 떠들썩했다.

아직 식당에 많은 양의 식량이 있고, 온풍기도 빵빵하게 돌아가고 있다.

마음 한편으로 '지휘자들이 떠나면 뭔가 잘못 되지 않을까?' 하는 불안도 있었지만, 현실은 아무런 이상이 없었다.

잔류한 사람들은 생활에 변화가 없자 안심했다.

문정원은 주민투표로 의장에 당선되었다.

어쩌면 당연한 결과인지도 모른다.

사람들은 문정원을 독재자를 몰아낸 사람쯤으로 인식하고 있었으니 말이다.

의장에 당선된 문정원은 즉시 빈자리를 자기 사람으로 채웠다.

혁명의 공로를 인정받은 이영환이 자경단의 대장, 재건정부의 문화부 장관이던 최춘호는 과학부의 부장, 공개적으로 지휘자들을 비난한 박수명은 공동농장의 선임 관리자가 되었다.

문정원은 강유진의 집을 의장실로 사용했다.

문정원이 과학부의 최춘호에게 가장 처음 내린 지시는 설상차를 하나 더 만들라는 것이었다.

과학부의 사람들은 남아 있는 자재들을 활용해서 사흘 만에 설상차를 만들어 냈다. 물론 외관만 설상차와 같을 뿐이다.

새로 만든 설상차에는 동력원이 없었다.

최춘호가 연구소를 샅샅이 뒤졌지만 설상차에 장착할 플라즈마 엔진은 보이지 않았다.

문정원은 당장 새 엔진을 제작하라고 했다.

하지만 엔진을 만들던 사람은 임지연 박사였다.

다른 기술자들은 그저 조수에 불과했던 터라 엔진의 복원은 불가능했다.

결국 문정원은 설상차를 포기하는 대신 인력을 창고발굴에 돌렸다.

과학부와 공동농장의 인원들까지 바위를 제거하는데 투입됐다.

그러나 산이 무너진 일은 고작 50여명의 인력으로 해낼 수 있는 게 아니었다.

사람들은 아침부터 밤늦게까지 바위 제거에 매달렸지만 고작해야 하루에 1톤 정도의 돌만 들어냈을 뿐이다.

1톤이라 해도 남아 있는 바위의 양에 비하면 그야말로 조족지혈이라, 바위를 들어낸 흔적도 알아볼 수 없을 정도였다.

그나마 첫날에만 1톤이지 그 이튿날부터는 더 줄어들었다.

작업 중 부상을 입은 사람들이 속출하면서 속도가 나가지 않은 탓이다.

육 일이 지났다.

그날 밤, 창고의 식량이 눈에 띄게 줄어들자 문정원은 긴급 주민회의를 소집했다.

회의의 안건은 두 가지였다.

첫째 어디에서 식량을 조달할 것인가?

둘째 어떻게 발굴의 속도를 높일 것인가?

쉽게 답을 구하기 어려운 주제들인지라 회의는 지지부진했다.

한참 만에 누군가 혼잣말처럼 중얼거렸다.

"쩝, 설상차가 있었으면 좋았을 텐데!"

지금은 외부세계와 연락을 주고받는다는 건 꿈도 꿀 수 없었다. 심지어 누군가 식량을 지원해 주겠다고 해도 가지러 갈 수조차 없다.

눈에 막혀 기지 밖으로 한 발자국도 나갈 수 없었던 것이다.

사회를 보고 있던 문정원은 뒤늦게 자신들이 이 기지에 고립되었다는 것을 깨달았다.

"하아! 그들이 설상차를 가지고 가지 못하게 막을걸……."

문정원의 탄식에 이영환이 말했다.

"당시에는 우리가 화력에서 밀렸기 때문에 어쩔 수 없었습니다."

"알고 있다시피 식량이 사나흘 치 밖에 안 남았소. 그 안에 창고의 입구를 발견하지 못하면 우리는 끝이오. 이전의 강남처럼 이곳을 포기해야 할지도 모른단 말이오."

문정원의 지적에 사람들은 한숨만 푹푹 내쉬었다.

설상가상(雪上加霜)이라던가?

한창 회의 중에 갑자기 전기가 나갔다.

처음에는 대수롭지 않게 생각했다.

형광등이 고장 났으려니 여긴 것이다.

그러나 온풍기까지 정지하자 식당 안은 금세 혼란에 빠져 들었다.

"쯧쯧!"하고 혀를 차던 문정원이 큰소리로 외쳤다.

"여러분! 조용히 하시오! 발전기가 잠시 정지한 것뿐이오! 과학부의 기술자들이 고치러 갔으니 곧 정상적으로 작동할 거요!"

그제야 소동이 가라앉았다.
시간이 제법 지났다.
식당의 온도가 영하권으로 떨어졌다.
추위에 떨던 사람들이 하나둘 입을 열었다.
"언제 고칩니까?"
"고쳐지기는 하는 겁니까?"
"발전기를 설계한 사람이 임 박사인데, 본인이 와야 해결되는 거 아닙니까?"
"의장님, 빨리 어떻게 좀 해 봐요! 발전기가 없으면 우린 살수 없다고요! 실내 기온이 벌써 영하로 떨어졌어요! 이 문제를 어떻게 해결할 거예요?"
"의장님! 비상시를 대비한 난방 대책은 있습니까?"
어둠 속에서 사람들은 문정원만 찾았다.
그러나 문정원이라고 뾰족한 수가 있을 리 없다.
결국 문정원은 입을 꾹 다물고 과학부의 최춘호를 기다렸다.
최춘호는 근 한 시간 만에 돌아왔다.
손으로 더듬어 겨우 문정원의 곁에 온 최춘호가 조용히 말했다.
"의장님, 큰일 났습니다. 발전기 고장입니다."
"수리가 안 됩니까?"
"부품은 멀쩡한데 돌아가질 않습니다. 임 박사가 와야 이유를 알 수 있을 것 같습니다."

문정원이 짜증 난다는 듯 말했다.

"그놈의 임 박사, 임 박사. 다른 사람은 왜 못 한답니까? 과학부에 대학 나온 사람이 임 박사 한 사람뿐입니까? 그냥 발전기잖아요. 그걸 왜 못 고쳐요."

"하아, 의장님, 단순한 발전기가 아닙니다. 현 문명보다 100년은 앞서 있다는 플라즈마 에너지를 사용하는 발전기입니다. 다른 사람들은 죽었다가 깨어나도 못 고칩니다."

최춘호는 플라즈마 에너지에 대해 주워 들은바가 있어 음성에 힘이 실려 있었다.

사실 플라즈마 에너지의 고갈로 발전기가 정지해 버린 것이지만, 최춘호는 그것까지는 알지 못했다.

"임 박사는 이곳에 없습니다. 다른 방법을 찾아보세요."

"다른 방법이라면 불을 피우는 수밖에 없습니다. 하지만 기지 안에 태울 만한 건 거의 없습니다. 있다고 해 봐야 건축 자재 정도인데, 춥다고 그걸 태울 수는 없죠."

"왜 못합니까?"

"건축 자재를 끄집어내서 태웠다가는 곧 얼어 죽고 말 겁니다. 단열이 안 되는 집은 동굴만도 못하니까요."

"다시 묻겠습니다. 발전기는 복구 불가능한 게 맞습니까?"

"예."

잠시 머뭇거리던 문정원이 최춘호의 귓가에 속삭였다.

"최 박사, 가족들을 데리고 조용히 떠납시다."

순발력 좋은 최춘호가 들릴 듯 말 듯한 소리로 되물었다.

"이곳은 어쩌고요?"

"희망이 없어요. 어차피 다들 흩어질 겁니다."

"알겠습니다."

문정원과 최춘호는 서로를 다독이며 식당을 빠져나갔다.

자신들의 가족들도 은밀히 끌고 나왔다.

식당에 남아 있던 비상식량도 잊지 않고 챙겼다.

사람들은 어둠 속에서 서로를 격려하며 문정원과 최춘호가 희망적인 말을 들려주길 기다렸다.

그들이 희망과 절망 사이에서 오락가락하는 동안, 날이 밝았다.

아침이 되어서야 사람들은 문정원과 최춘호 일가의 도주를 알아차렸다.

민주적인 공동체는 그 순간 깨졌다.

사람들은 비명을 지르며 뿔뿔이 흩어졌다.

그리고 어딘가 있을지도 모를 식량과 목재를 찾아 부대를 들쑤시고 다녔다.

소란은 점심까지 계속됐다.

점심 무렵, 백여 명의 사람들이 부대를 떠났다.

어차피 난방이 되지 않는 부대는 버려진 도시만도 못했으니 현명한 선택인지도 모른다.

오십여 명의 사람들은 미련을 버리지 못하고 자리를 지켰다.

그들은 식량 창고가 있으니 언제고 지휘자들이 되돌아올 거라고 믿었다.

지휘자들에게 돌산을 걷어낼 방법이 있다고 생각해서 남은 건 아니다. 엄밀히 말해 그들은 미련과 절망에 사로잡혀 자리를 떠나지 못한 것뿐이었다.

미련과 절망의 대가는 상상을 초월했다.

사방으로 흩어져 나간 백여 명의 유랑인들에 의해 정착지의 사정이 널리 퍼졌다.

"재건정부 출신의 반란으로 초문명이 다시 멈추었다"는 다소 황당한 이야기는 불멸협회 사람들의 귀에도 전해졌다.

장우석은 남아 있던 열다섯 명의 신인류들을 이끌고 소문의 진원지로 달려갔다.

무인 초소를 지나던 장우석의 입에서 탄성이 흘러나왔다.

"아아! 정말 인간은 놀랍구나!"

우람하게 솟은 전기 철조망과 CCTV 그리고 감시초소들은 얼마 전까지 운영된 것 같다.

임지연과 강유진은 무(無)에서 이 모든 문명을 일궈낸 것이다.

찢어 죽이고 싶을 만큼 미운 원수지만, 그들의 질긴 생명력과 창조적인 능력 앞에서는 머리를 숙이지 않을 수 없었다.

아직도 기지에 남아 있던 몇몇 사람이 슬금슬금 다가왔다.

뭔가 생길게 있나 싶어서 기웃거리는 것이다.

장우석이 그중 가장 튼튼하게 생긴 남자에게 손짓을 했다.

남자가 환한 얼굴로 다가왔다.

장우석이 남자에게 물었다.

"소문을 들으니 여기를 만든 사람들이 떠났다고 하던데."

"예, 예, 열흘 정도 됐습니다."

"어디로 간다고 하던가?"

"그런 말은 없었습니다."

사내는 장우석의 몸에서 풍겨나는 기이한 기운에 잠식당해 눈을 내리깔고 고분고분 답했다.

"그들이 떠나기 전에 무슨 일이 있었는지 자세히 말해 봐라."

사내는 식당에서 있었던 "무서운 이야기 배틀"과 문용진의 퇴거 통보, 그리고 이어진 문정원의 반란에 대해 세세하게 털어 놓았다.

"…… 그런데 하필 그날 새벽에 식량 창고 위의 돌산이 무너져 내렸습니다. 그러다가 일주일쯤 뒤엔가? 이번에는 발전기가 고장이 났고요. 최첨단 설비라서 수리가 불가능해지자 의장 일당이 남아 있던 식량을 훔쳐 달아난 겁니다. 그 바람에 신세계는 박살이 났지요."

남자는 그 시절이 아쉬웠던지 "신세계"라는 표현을 썼다.

"식량 창고에 남아 있던 식량은 많았나?"

"많았냐고요? 말도 마십쇼. 못해도 오십 년은 먹고 살만큼 쌓여 있었습니다. 육군 비상식량 임시 저장창고였다고 하더라고요."

"그리로 안내해라."

사내가 굽실거리며 앞장서 걸었다.

그는 이동하는 중에 몇 번이고 뒤돌아서 손님들이 제대로 따라오는지 확인했다. 떡고물이 떨어지기를 바라는 마음에서 우러난 행동이다.

잠시 후 사내가 거대한 돌산 앞에 멈춰 섰다.

"이곳이 바로 무너진 돌산입니다. 일주일 정도 달려들어서 작업을 했는데 티도 안 나더라고요. 결국 포기하고 말았습니다."

장우석이 이해한다는 듯 고개를 끄덕였다.

확실히 인간의 힘으로 할 수 있는 작업이 아니었다.

데리고 온 신인류가 달라붙어도 족히 한 달 이상이 걸릴 대공사다.

클라우드가 장우석에게 다가갔다.

"회장님, 강유진이 이곳으로 돌아올까요?"

"정말 이 바위 아래에 그 정도의 식량이 있다면 강유진은 되돌아올 게다. 그들도 먹고 살아야 하니까. 어쩌면 반대파를 정리하기 위해서 잠시 떠난 것일 수도 있다. 자연스럽게 도태되기를 기다리는 거지. 그러고 보면 의외로 잔인한 구석이 있는 녀석이로군."

"자기들 손에 직접 피를 묻히는 것보다는 나은 선택이라고 생각한 것일까요?"

"그게 인간의 어리석음이지. 어차피 죽일 거 때려죽이나, 총으로 쏴 죽이나, 굶겨 죽이나, 얼어 죽게 만드나, 대체 무슨 차이가 있다고? 그렇지 않으냐?"

"확실히 그건 자기기만 같습니다."

"맞아. 다 눈 가리고 아웅 하는 거지."

"예? 무슨 말씀이신지?"

클라우드가 "눈 가리고 아웅 한다"는 말을 미처 알아듣지 못하고 되물었다.

장우석이 그를 위해 "He steals a bell by covering his own ears(귀를 막고 방울 도둑질한다)"라고 보충 설명을 했다.

그제야 클라우드는 동의한다는 듯 고개를 끄덕였다.

묵묵히 돌산을 바라보던 장우석이 중얼거렸다.

"사람들을 끌어 모아라. 이곳을 제2의 서울로 만들어야겠다."

"사람들 틈에 숨어서 기다리겠다는 겁니까?"

"그래, 강유진 일행이 돌아오는 날, 화려하게 손님맞이를 해 주는 거야. 이제 복수를 끝낼 때가 됐지. 굵고 짧게 가자고."

장우석은 오래 사는 것에 대한 미련이 없는 것처럼 보였다.

클라우드가 씁쓸한 표정을 지었다.

"굵고 짧게 가자"는 말은 "죽자"는 소리였다.

강유진에게 불나방처럼 달려들려는 장우석을 보고 있자니 가슴이 답답하다.

그래도 따르는 수밖에 없다.

그는 신인류에게 아버지와 같은 존재였다.

마음으로라도 그를 거부한다는 것은 있을 수 없는 일이다.

그런 의미에서 신인류의 이단아들은 대단하다고 할 수 있다. 아버지의 뜻과는 다르게 행동할 수 있으니 말이다.

"회장님께서 원하신다면 식량 창고를 복원하겠습니다."

클라우드의 말에 장우석이 인상을 찌푸렸다.

"머리는 장식품이 아니다. 그가 돌아왔을 때 이곳이 복원되어 있으면 우리를 의심할 거다. 그렇게 되면 우리는 모두 죽는다. 복수할 기회도 없이."

"하지만 사람을 모으려면 식량이 있어야 하지 않습니까?"

"어떻게든 식량을 구해서 인간을 사육해라. 본래 남아 있던 인원이 백오십 명이라니까, 백 명 정도의 숫자만 유지하면 될 게다."

"백 명이나요?"

"그래, 그 정도 숫자라야 의심받지 않고 숨어들 수 있다. 인간의 숫자가 너무 많으면 도리어 의심을 사게 된다. 너무 적으면 우리 몸을 숨기기가 어렵고."

"알겠습니다. 최대한 그 숫자를 유지할 수 있도록 해 보겠습니다."

"한 시간, 한 시간만 놈의 눈을 속이면 된다."

지휘자들이 다시 돌아와 정비를 하는 어수선한 틈을 노릴 생각이다.

'긴장이 풀어진 그때, 강유진의 혈육을 죽인다.'

강유진의 절망 어린 얼굴을 상상하니 가슴이 뿌듯해진다.

미소를 짓고 있는 장우석에게 클라우드가 물었다.

"이자는 어떻게 할까요?"

혼자만의 생각에서 깨어난 장우석이 눈앞의 남자를 바라보았다.

남자는 반쯤 넋이 나간 얼굴이다.

"쯧! 보이지 않는 곳으로 가서 도시락으로 쓰거라."

"도시락"이라는 말에 클라우드의 눈이 반짝였다.

갑자기 좋은 생각이 떠오른 모양이다.

"회장님, 차라리 이곳의 인간을 모두 도시락으로 만들면 어떻겠습니까? 그렇게 하면 식량이 조금 부족해도 떠나지 못할 겁니다."

순간 장우석의 입에서 "아!"하고 탄성이 흘러나왔다.

도시락이 된 인간은, 스스로 자각하지 못하지만, 신인류에게 정신을 지배당한다.

클라우드의 말처럼 "한 장소에 있는 모든 인간을 도시락으로 만든다"는 것은 장기적으로 보면 못할 짓이다. 하지만 굳이 미래를 염두에 두지 않는다면 참신한 아이디어였다.

"모처럼 좋은 생각이구나. 이 기지의 인간들을 모두 도시락으로 만들어라."

확실히 인간의 관리 차원에서도 그러는 편이 낫다.

괜히 춥네, 배가 고프네, 하면서 기지를 떠나면 신인류만 고달프게 될 뿐이었다.

'어차피 이곳은 복수의 그날을 위해 존재하는 거니까.'

장우석은 복수 이후에 관해서는 신경 쓰고 싶지 않았다.

부대에 조금씩 사람들이 유입되기 시작했다.

신기한 것은 '추위와 배고픔에 시달리면서도 부대의 사람들이 다투지 않는다' 는 점이다.

사방이 눈 덮인 산인데 먹을 게 있을까? 염려가 되지만, 있었다.

사람들은 부대 인근의 작은 마을에서 딱 죽지 않을 정도의 음식을 구했다.

그곳은 부대의 사람들에게 보물 창고나 마찬가지였다.

마치 서울 사람들이 빈 건물을 뒤져 먹거리를 찾아내듯, 사람들은 부대 인근의 작은 마을에서 먹거리를 구할 수 있었다.

끊임없이 음식 부스러기를 토해 내는 그 마을을 두고 부대의 사람들은 "기적"이라고 했다.

그래도 음식은 절대적으로 부족했다.

하지만 굶어 죽는 사람이 나와도, 제 발로 부대를 떠나는 사람은 없었다.

서울과 경기도 인근의 사람들은 그 부대를 "신천지"라고 불렀다.

그곳에 "평화"가 있다는 소문이 돌았다.

소문까지 신인류가 의도한 것은 아니지만, 덕분에 백 명이라는 인구를 유지하는데 어려움은 없었다.

아니, 오히려 시간이 지날수록 인구가 늘어났다.

결국 클라우드는 특단의 대책을 세웠다.

신인류들은 유입되는 사람을 도시락으로 만든 뒤, 정신을 조작해서 부대 밖으로 내보냈다.

그렇게 걸러진 사람들은 마치 지박령(地縛靈)처럼 부대 근처를 맴돌았다.

그들은 죽을 때까지 신천지로 '가고 싶은 마음'과 '가면 안 된다는 원초적 두려움' 사이에서 방황했다.

*　　　*　　　*

설상차가 느리게 움직였다.

드르르륵.

설상차가 지나간 자리로 캐터필러 자국이 깊게 새겨졌다.

하지만 일주일이면 눈이 한 두 차례 내리니 오래지 않아 흔적도 없이 사라질 것이다.

신천지에 대한 소문이 서울과 경기도를 강타하고 있었지만 정작 강유진 일행은 알지 못했다.

자급자족이 되는 상황인지라 마을에 들리지 않은 까닭이다.

게다가 소문의 속도보다 강유진 일행의 이동속도가 더 빠른 것도 한몫했다.

조수석에서 지도를 보고 있던 최명석이 운전대를 잡고 있는 박세기에게 말했다.

"형님, 이제 경기도에서 가 볼 만한 곳은 다 뒤져 본 것 같은데요. 그만 슬슬 돌아가야 하지 않을까요?"

"돌아가는데 며칠이나 걸릴 것 같으냐?"

"다른 데 가지 않고 곧바로 가면 일주일쯤 걸릴 겁니다."

167명이나 되는 무리를 생각하면 일주일도 빠른 편이다. 그나마 설상차의 캐터필러 자국이 눈을 다져 놓아서 가능한 속도였다.

"강 선생님에게 말해 봐라."

"예, 속도 좀 줄여 주세요."

드르르.

설상차의 움직임이 아이들의 걸음속도 만큼이나 느려졌다.

최명석이 조수석의 문을 열고 눈 위로 폴짝 뛰어내렸다.

그러자 뒤따라오던 무리의 선두에서 한 사람이 빠른 걸음으로 다가왔다.

박미나였다.

최명석과 박미나가 하얀 눈밭 위에서 가볍게 포옹을 했다.

"명석씨, 무슨 일 있어요?"

박미나가 그윽한 눈으로 최명석을 올려다보았다.

"아니요. 이제 그만 부대로 돌아가야 할 시간이 아닌가 싶어서, 말해 보려고요."

"아! 나도 빨리 돌아갔으면 좋겠어요. 노숙은 너무 싫어. 춥고 피곤해."

비록 강유진이 불의 장벽을 세워 준다고 해도 자고 일어나면 뼈가 시렸다.

게다가 집단 노숙이다.

박미나는 부대에서의 포근하면서도 사적인 공간이 그리웠다.

곧이어 강유진과 안상혁이 최명석에게 손을 흔들었다.

"애인이 보고 싶어서 내린 거냐?"

강유진의 물음에 최명석이 머리를 세차게 저었다.

강한 부정이다.

"아닙니다. 형님, 이제 그만 부대로 돌아가야 하지 않을까요? 노약자를 차에 태웠다고 하지만 긴 노숙에 효자 없다잖아요."

"야 인마. 긴 병에 효자 없다는 말을 어디다 붙여?"

강유진은 핀잔을 줬지만 공감했다.

노숙이 길면 없던 병도 생긴다.

영하 40도를 웃도는 추위에서의 노숙으로 다들 지칠 때도 됐다.

강유진이 안상혁에게 시선을 돌렸다.

처음부터 그의 제안으로 시작된 '경기도권 부대 탐사'다. 그보다 더 깊이 이 탐사의 의미를 고민하는 사람도 없을 것이었다.

"한 달이 조금 지났으니 돌아가는 것도 괜찮을 것 같습니다. 지금쯤이면 부대는 텅텅 비었을 겁니다."

"아직 사람이 남아 있다면?"

"남아 있어도 극소수에 불과할 겁니다. 생존할 수 있는 환경이 못 되니까요."

"극소수라고 해도 반대파일 텐데, 안고 갈 수 있겠냐?"

안상혁이 피식 웃었다.

"지금쯤이면 정신 차렸을 겁니다. 또 반란이 일어나면 한 번 더 장거리 탐사를 나가면 됩니다."

"역시 차도남이야. 차가워도 너무 차가워."

최명석이 질린 얼굴로 안상혁을 바라보았다.

그러자 안상혁이 냉소를 치며 말했다.

"흥! 장거리 탐사가 가기 싫으면 피해 없이 반란군을 제압해 보라고. 나에게는 선량한 공동체원 한 사람의 생명이 반란군 열 명보다 더 중요하니까."

"누가 뭐래요? 저도 그놈들이 우리 가족들 앞에서 총질할까 봐 엄청 쫄았었다고요!"

두 사람의 소소한 다툼이 시작되려 하자 강유진이 끼어들었다.

"그만! 거기까지만 하자. 명석이 너는 설상차로 돌아가서 목적지 변경을 알려 줘라. 길안내 잘하고."

"예. 그럼 먼저 갑니다."

최명석이 손을 흔들어 보이고는 설상차로 쪼르르 달려갔다.

부대로 돌아간다니까 꽤나 기분이 좋은 모양이다.

강유진이 안상혁에게 물었다.

"괜찮으냐?"

"네? 뭐가요?"

"네가 나서지 않았으면 누가 다쳤을지 모른다. 알고 있지?"

"예."

"그러니 괜히 자책 같은 거 하지 마라."

"안합니다."

"안하는 사람이 왜 그렇게 밤마다 뒤척여?"

"잠자리가 불편해서 그런 겁니다."

"어쨌든, 자책 같은 거 하지 마."

"예."

강유진은 힘내라는 듯 안상혁의 등을 후려쳤다.

"펑!"하는 소리에 김미연이 눈을 부릅뜨고 다가왔다.

"아니, 강 선생님, 왜 가만히 있는 우리 상혁 씨를 패세요?"

"어이쿠! 패다니요? 아닙니다. 기운 내라고 다독여 준 겁니다."

"그러지 마세요. 두 번 다독이면 등짝 다 부서지겠어요."

"아, 예, 인마! 너도 뭐라고 말 좀 해 봐. 내가 널 때렸냐?"

"좀 아프긴 했습니다."

강유진은 더 이상 변명하지 않고 두 사람에게서 멀어졌다.

강유진이 떨어져 나가자 김미연은 더 이상 뭐라고 하지 않았다.

김미연과 안상혁이 자연스럽게 팔짱을 끼고 걸었다.

강유진이 그런 두 사람을 보며 웃음 짓고 있을 때다.

언제 다가왔는지 임지연이 강유진의 팔에 손을 쑥 집어넣었다.

"우리도 다정하게 걸어 봐요."

"언제 다정하지 않은 적이 있었나요?"

강유진이 능청스럽게 묻자 임지연이 입술을 삐죽였다.

"쳇! 하연이가 차를 타고 가는 동안만이라도 기분 좀 내보자고요. 우리 데이트도 못해 봤잖아요."

그제야 강유진은 미안한 마음이 들었다.

돌이켜 보니 임지연과는 제대로 연애를 할 겨를도 없었다.

사건 사고에 휘말려 만났고, 그 뒤로 지금까지 그런 관계로 죽 이어졌다.

전처인 김소영과의 만남과 비교하면 '너무 못해 줬다'는 자책이 들 정도다.

"정말 그랬네요. 뭐부터 할까요?"

강유진의 물음에 임지연이 웃으며 말했다.

"후훗! 사실 데이트를 해 본 적이 없어서 잘 몰라요. 음, 뭐 좋아하세요?"

"먹는 거요?"

"아뇨, 취미나 마음으로 좋아하는 것들이 뭔지 알고 싶어요. 강 선생님과 오래 알고 지냈지만 그런 얘기는 해 본 적이 없는 것 같아서요."

"아! 제가 좋아하는 거……. 단풍이 드는 가을 산, 창가에 서서 듣는 빗소리, 아무도 밟지 않은 소복하게 쌓인 눈 위를 걷는 거. 아, 방금 말한 거는 이제 빼도 되겠네요. 눈길은 지겨워서."

"호호호! 맞아요. 저도 그런 거 좋아 했는데, 이젠 빼야 되겠어요. 그리고 또 뭐가 있어요?"

"음, 버스 뒷자리에 앉아서 몇 시간씩 졸다가 경치 구경하다가 하는 거요."

"어머! 정말요? 시간 아깝지 않으세요?"

"아뇨. 저는 이상하게 버스 뒷자리에 앉으면 마음이 푸근해 지더라고요. 잠도 솔솔 오고. 그때 자는 토막잠이 정말 달콤하다는 거 알아요?"

"의외로 서민적이시네요."

"저 서민 맞아요."

"피이! 강 선생님은 서민적인 낭만을 즐기는 왕이시라고요."

"아닌데. 저 카론의 유물을 얻기 전까지 지독히 재수 없는 서민이었습니다. 학벌이 좋지 않아서 대기업은 서류전형에서 다 떨어졌고요, 돈이 궁할 때는 부모님 몰래 신문 배달도 했어요. 신문 배달 할 때 몇 번 남의 집 우유를 빼먹은 적도 있는 걸요?"

"와아! 정말 믿어지지 않는 과거사네요. 우유까지 훔쳐 먹었어요?"

임지연은 뜻밖의 고백에 벌린 입을 다물지 못했다.

"배고프고 목마르니까 그냥 마신 거죠. 그 사람들은 매일 먹다가 하루 못 먹는 거지만, 저는 어쩌다 한 번 먹어 본 거라서 별로 죄책감도 안 들더라고요."

"헉! 깬다!"

말로는 깬다고 했지만 임지연은 강유진이 사람처럼 보여서 좋았다.

강유진의 솔직한 고백에 임지연도 한 꺼풀 걷어 내기로 했다.

"이번에는 제가 좋아하는 거 말해 볼까요?"

"네. 뭐 좋아해요?"

임지연이 몽롱한 얼굴로 중얼거렸다.

"저는 악기 연주하는 거 좋아해요. 제가 할 줄 모르기 때문에 더 좋아하는지도 모르겠어요."

"악기요?"

"네, 특히 남자가 피아노나 기타 같은 거 연주하면 눈을 못 떼고 푹 빠져요."

"피아노 배워 둘 걸 그랬네요."

"후후! 강 선생님은 그런 거 안 해도 멋있으니까 괜찮아요. 그리고 초콜릿 케익도 좋아해요. 아메리카노랑 같이 먹으면, 정말 아무 생각이 안나요."

"살찌는 음식들인데……."

"많이 안 먹으니까 괜찮아요. 그리고 자동차를 좋아해요. 운전석에서 우렁우렁한 엔진 소리를 들으면 심장이 막 쿵쾅거리고 좋았어요. 연구실에만 있다가 운전 한 번 하면 가슴이 뻥 뚫리는 기분이었지요. 나중에는 자동차 모형을 책상에 진열해 두기까지 했어요."

"와우! 역시 부잣집 아가씨답네요."

"히잉! 아닌데. 제가 산 차는 다 제가 번 돈으로 샀다고요."

"아, 그럼 취소. 능력 있는 아가씨는 다르네요. 혹시 폭주족도 하고 그랬어요?"

"전혀 아닌데요. 저는 그냥 힘 있는 엔진 소리가 듣기 좋았어요. 약한 저와 달리 굉장하다고 느꼈거든요. 과속은 몇 번 안 해 봤어요. 정말이에요."

"알았습니다. 믿어 드리죠. 그리고 또요?"

"아빠 손요. 크고 듬직한 아빠의 손이 너무 좋았어요."

강유진이 임지연의 가녀린 손을 슬쩍 잡았다.

"제 손도 좋은가요?"

"네. 제 손 놓으면 안 돼요. 아셨죠?"

"평생 꼭 잡고 있겠습니다."

임지연이 맞잡은 손을 힘차게 흔들었다.

"음, 그리고 또 뭐가 있더라. 아 맞다. 라면에 대파를 숭숭 썰어 넣고 끓인 거 좋아해요. 그거랑 신 김치랑 먹으면 옆에서 누가 죽어도 모를 거예요."

"아메리카노랑 초콜릿 케익보다 더 좋아요?"

"둘 다 비슷하게 좋아해요."

"정말 극과 극을 오가시는군요. 그 정도는 문제없습니다."

"그리고 강 선생님의 진지한 표정을 좋아해요."

"그건 좀 의외네요?"

"아니 왜요? 강 선생님이 진지한 얼굴로 뭘 하고 있는 모습을 보면, 자동차 엔진 소리 들을 때보다 더 가슴이 뛴다고요."

"하하! 제가 자동차를 이긴 건가요!"

"비교할 수도 없죠. 다시 태어나도 전 강 선생님을 사랑할 거예요."

"다시 태어나면 저 같은 서민이 임지연씨를 만날 기회나 있겠습니까?"

"어머! 저를 사랑하신다면 그 정도 노력은 해 주셔야죠! 그런 노래도 있잖아요. '넌 너무 이상적이야. 너의 눈빛만 보고 너를 사랑해 줄 그런 여자는 없어!'"

갑자기 임지연이 노래를 흥얼거렸다.

"헛! 그렇게 오래된 노래도 아세요?"

"학부 때 지도 교수님의 애창곡이었답니다. 여하튼 중요한 건, 선생님이 제 옆에 와줘야 제가 다시 태어나도 사랑할 수 있다는 거예요. 멀리서 바라만보면 그 마음을 누가 알겠어요?"

"명심하겠습니다."

두 사람이 노닥거리는 동안 설상차가 크게 유턴을 했다.

안상혁이 사람들을 향해 뭐라고 말하자 "와아!"하는 환호성이 울렸다.

부대로 돌아가게 된 것을 알려 준 것 같다.

설상차가 사람들 사이를 헤치고 앞서 나갔다.

드르르륵.

사람들이 캐터필러 자국을 따라 걸었다.

힘든 여정임에도 사람들의 얼굴에는 웃음이 가득했다.

다시 문명 생활로 돌아갈 생각을 하니 어지간히 들뜨는 모양이다.

제3화

복된 죽음을 위한 기도

설원 위를 부드럽게 달리던 설상차가 무엇엔가 걸린 듯 "덜컹" 거렸다.

곧이어 설상차가 균형을 잃고 한쪽으로 돌아갔다.

더 이상 제어할 수가 없게 되자 박세기는 엔진을 끄고 밖으로 나갔다.

그리고 한쪽으로 쏠린 설상차의 앞쪽을 살폈다.

무엇엔가 걸렸던 듯 캐터필러의 연결고리가 벌어져 있었다.

"아아! 귀찮게 됐네요."

언제 따라 나왔는지 최명석이 뒤에서 중얼거렸다.

"그러게, 뭐에 걸린 거지? 어지간한 건 눈 아래 다 묻혔을 텐데."

"저도 뭐가 걸리는 소리는 들었어요. 뭐지?"

최명석이 설상차의 아래쪽을 살폈다.

오래지 않아 최명석은 연결고리를 휘게 한 원인을 찾아냈다.

강철 장식 문에서 삐져나온 창끝 같은 쇠의 끄트머리가 크게 구부러져 있었다. 아무래도 저 쇠 장식의 끝이 캐터필러의 연결고리에 박혔었던 것 같다.

"이야! 이런 경우도 있네요? 쇠 장식 끝이 연결 부위에 콕 박혔었나 봅니다."

박세기도 기가 막히다는 얼굴로 고개를 끄덕였다.

"그나저나 저걸 다시 고쳐서 출발하려면 시간이 좀 걸릴 것 같은데."

"얼마나 걸리는데요?"

"전에 보니까 반나절 정도 걸리는 것 같더라."

"그렇게 오래요?"

"전부 다 수동으로 고쳐야 하잖아. 반나절 걸려 고치는 것도 용한 거지."

"이럴 때는 고무 타이어가 그리워요. 지렁이 하나만 있으면 금방 끝나는데. 그쵸?"

"지렁이? 아!"

지렁이는 타이어 펑크를 수리하는 접착제가 묻은 고무다.

문명 시대에 카센터에서 사용하던 지렁이를 떠올리자 피식 웃음이 나왔다.

"빨리 때우면 뭐하냐? 웅덩이에 빠지면 끝인데."

"하긴 한 치 앞도 안 보이는 눈밭이니……."

둘이 노닥거리는 동안 기술진들이 몰려들었다.

박세기와 최명석은 설상차에서 손을 떼고 강유진이 있는 곳으로 향했다. 어차피 남아 있어봐야 방해만 될 뿐이라 자리를 피해준 것이다.

최명석의 설명을 들은 강유진이 고개를 갸웃 거렸다.

인가가 없는 곳에 뜬금없이 강철 장식 문이라니?

"문이 크더냐?"

"예, 엄청 큰 것 같더라고요. 눈 속에 파 묻혀서 전체적인 크기는 확인할 수 없었지만, 드러난 일부분만 해도 상당했습니다."

"전원주택의 정문은 아니고?"

"그런가? 만약 그게 전원주택의 정문이라면 집주인이 재벌이었을 겁니다."

"여러분, 시간도 남는데 주변을 좀 돌아볼까요?"

"저는 좀 쉬고 싶습니다. 장시간 운전을 했더니 다리가 뻐근해서요.”

강유진의 제안에 박세기가 정중히 사양했다.

곧이어 안상혁도 민간인들을 지휘해야 한다는 이유로 빠졌다.

결국 호기심 많은 최명석만 강유진과 동행하기로 했다.

강유진과 최명석은 지형상 진입로라고 짐작되는 길을 따라 위쪽으로 올라갔다.

머리까지 쌓인 눈을 헤치며 10분쯤 전진했을 때다.

갑자기 시야가 확 터지는가 싶더니 정원이 나타났다.

그것은 분명히 정원이었다.

사람의 손에 의해 눈이 치워진 흔적이 보였다.

최명석이 정원을 가리켜 보이며 말했다.

“형님, 여기 보십쇼. 이거 얼어 죽은 잔디 같은데요. 이 일대가 다 잔디밭이었나 본데요?”

강유진이 고개를 끄덕였다.

운동장만한 넓이의 잔디밭으로 보였다.

물론 청소가 된 부분은 극히 일부분에 불과했다.

조금 더 전진하니 건물들이 하나둘씩 모습을 드러냈다.

“전원주택이 아니라…… 성당 같은데?”

종탑과 십자가를 발견한 강유진이 중얼거렸다.

경기도 외곽의 산속에서 성당을 발견하게 될 줄은 몰랐다.

그러고 보니 건물들은 모두 영화 속에서나 보던 고딕양식이었다.

주변을 살피고 있는 강유진의 귓가로 최명석의 외침이 들려왔다.

"형님, 여기가 어딘지 알았습니다! 이제 보니 수도원이었네요."

최명석은 안내판 앞에 서 있었다.

강유진도 최명석의 곁으로 다가갔다.

안내판 상단에 "성 도마 수도회"라는 글이 적혀 있었다.

두 사람은 눈 속에 난 통로를 따라 정면의 건물로 향했다.

두 사람이 막 건물의 출입문에 다가갔을 때다.

문이 열리며 늙은 수사 한 사람이 얼굴을 내밀었다.

"어서 오세요. 하느님의 이름으로 여러분을 환영합니다."

강유진과 최명석은 선뜻 화답하지 못했다.

나이를 짐작하기 어려울 정도로 늙은 수사는 뼈에 가죽을 씌운 몰골이었다.

과거 아프리카 국가들의 "기아(飢餓) 사진전"에서나 볼 수 있었던, 극단적인 굶주림의 결과다.

뒤늦게 정신을 차린 강유진이 고개를 숙였다.

"안녕하십니까? 지나던 길에 설상차가 고장이 나서 잠시 머무르던 중입니다. 이곳의 신부님이십니까?"

"예, 추운데 안으로 들어가시지요."

늙은 신부가 돌아서서 안내하듯 앞장섰다.

강유진과 최명석이 그 뒤를 따라 들어갔다.

늙은 신부는 백여 개의 장의자를 지나 강대상 앞에 도착한 뒤에야 천천히 돌아섰다.

"손님들이 올 거라는 것은 알고 있었습니다. 그런데 대접할 게 없군요."

늙은 신부의 음성은 약해서 집중하지 않으면 알아듣기도 어려웠다.

강유진이 손사래를 치며 답했다.

"아닙니다. 괜찮습니다. 저희에게는 충분한 양의 음식이 있습니다. 그런데 저희가 올 것을 알았다고요?"

"예, 어젯밤 기도 중에 여러 사람들이 오는 것을 보았습니다."

"아, 예……."

강유진은 신부의 말을 한 귀로 듣고 흘렸다.

한때 교회를 다닌 적이 있어서 종교인들의 신비적인 언어사용에는 이미 이골이 난 상태였다.

"그런데 이 수도원에는 생존자가 몇 분이나 계십니까?"

"저 밖에 없습니다."

"혼자…… 라는 말씀이신가요?"

늙은 신부가 웃으며 고개를 끄덕였다.

"헐헐, 하나둘 떠나보내고 저만 남았네요."

강유진이 애잔한 눈으로 노신부를 바라보았다.

뼈만 남은 그의 몸에서는 생기가 느껴지지 않았다.

혹독한 굶주림으로 그는 죽어 가고 있었다.

"신부님, 건강 상태가 안 좋아 보이는데 얼마나 굶으신 겁니까?"

"두 달 전부터 물만 마시고 있습니다."

"아!"

"저런!"

강유진과 최명석의 입에서 탄식이 흘러나왔다.

두 달 동안 굶었으면 지금까지 살아 있는 게 기적이었다.

강유진은 노신부에게 맞는 음식을 생각해 봤지만 떠오르지 않았다.

'최대한 묽게 죽을 끓여 먹여야 하나?'

물론 노신부는 그마저도 소화를 시키지 못할 것처럼 보였지만, 다른 방법이 없었다.

"명석아, 신부님에게 뭘 좀 드시게 해야겠다. 묽은 죽을 만들어 와봐라. 오래 못 드셨다니까, 아주 묽게 만들어야 한다."

"예."

최명석이 총알처럼 밖으로 튀어 나갔다.

노신부가 웃으며 손사래를 쳤다.

"헐헐, 괜찮습니다. 나는 이제 먹지 않아도 돼요. 소화를 시킬 자신도 없고……."

"그래도 좀 드셔야지…… 안 그러면 진짜 죽습니다."

"아니에요. 사실 나에게는 시간이 얼마나 남아 있지 않아요. 괜히 소화도 못 시킬 죽으로 고생하다가 죽고 싶지는 않습니다."

"아무것도 안 먹으면, 본인이 예상했던 시간보다 더 빨리 죽을 겁니다."

"아니요. 그 반대입니다. 지금 내가 뭘 먹으려고 하면, 알고 있던 시간보다 빨리 죽을 지도 몰라요."

노신부의 말에 강유진은 한숨을 내쉬었다.

자신이 죽는 시간을 아는 것처럼 말하는 게 마음에 들지 않았다.

노신부는 비이성적이고 비합리적이었다.

굶주림으로 다 죽어 가면서도 종교인 특유의 허세를 부리고 있는 것일까?

아니, 어쩌면 믿음으로 참혹한 현실을 애써 외면하는 것인지도 모른다.

그것이 허세든, 혹은 자기기만이든, 마음에 들지 않았다.

"언제 죽으시는 데요?"

강유진은 노신부의 그릇된 신앙을 깨고 싶었다.

그래서 무례하지만 말을 돌리지 않았다.

"그러니까…… 내일 아침입니다."

노신부는 마치 내일의 날씨를 말하는 것처럼 태연했다.

"저는 개인적으로 종교인들의 신비주의를 별로 좋아하지 않습니다."

"이해합니다."

"신부님이 예상하는 것보다 더 심합니다."

"재미있는 이야기를 하나 들려 드려도 될까요?"

계속 서 있는 게 힘이 드는지 노신부가 장의자에 걸터앉았다.

강유진은 노신부의 뒤쪽에 앉았다.

"12세기경에 프란체스코라는 신부가 있었습니다. 부유한 상인의 아들로 태어난 그는 평범하게 살았습니다. 그러던 어느 날 전쟁에 참여하러 가던 도중에 그만 하느님의 부르심을 받고 말았지요. 헐헐, 물론 죽었다는 게 아니라 성직자로 소명을 받았다는 뜻입니다."

농담이지만 강유진은 웃지 않았다. 그럴 거라고 짐작하고 있었기 때문이다.

"그분은 예수님에게 '무너져 가는 내 집을 다시 세우라'는 음성을 듣고 그길로 수사가 되었습니다. 여담입니다만 당시 카톨릭 교회는 아시아 전쟁 전의 개신교처럼 내부 사정이 좋지 않았지요. 그래서 프란체스코 신부는 청빈과 순결과 순종만 쫓겠다는 다짐을 하고 수도회를 세웠습니다. 그런데 프란체스코를 따르는 사람들이 늘어나자 그를 시기한 사람들이 모함을 했어요. 그들을 로마 교회에서 인정받지 않은 아주 이상한 공동체로 비난하기 시작한 거죠. 요즘 말로 하면 사이비 그 비슷한 것으로 말입니다."

노신부는 힘이 드는지 잠시 이야기를 멈추었다.

그리고 회한 어린 눈으로 성당의 내부를 둘러보았다.

"그래서 프란체스코는 정식으로 카톨릭 교회의 승인을 받기 위해 로마 교회로 찾아갔지요. 많은 사람이 쉽지 않을 거라고 했습니다. 그런데 이상한 일이 일어났어요. 교황 이노첸시우스 3세(Innocentius PP. III)가 프란체스코의 얼굴을 보자마자 바로 허락한 겁니다. 조사도 없고, 주의도 없고, 조건도 없었어요. 잡음이 무성하던 프란체스코 수도회를 그냥 승인해 준 거예요."

"프란체스코회의 회칙이 마음에 들었나보죠."

"나도 그렇게 생각합니다. 그런데 거기에는 전해져 내려오는 전설이 하나 더 있어요."

노신부가 강유진의 얼굴을 지그시 바라보았다.

머쓱해진 강유진은 딴청을 부렸다.

"교황이 프란체스코를 향해 이렇게 말했다고 합니다. '지난밤에 베드로 성당이 무너지는 꿈을 꾸었습니다. 깜짝 놀라서 바라보고 있는데, 허름한 복장의 자그마한 사람이 나타나 성당의 기둥을 받치더군요. 지금 보니 그건 바로 당신의 얼굴이었습니다.' 교황이 아무런 조건 없이 즉석에서 승인을 해 준 이유는 거기에 있었던 겁니다."

"재미있는 전설이군요."

"나도 지난밤에 환상을 보았습니다."

"하하, 혹시 이 성당이 무너지기라도 하던가요?"

"신들이 함께하는 어떤 남자를 보았지요. 그는 마치 모세처럼 바다를 가르고, 엘리야처럼 하늘에서 불덩어리를 떨어뜨리더군요. 처음 성당 문을 열었을 때 당신의 얼굴이 낯익어서 깜짝 놀랐었습니다. 당신은 바로 신들과 함께하던 그 사람이었습니다."

강유진은 놀라지 않을 수 없었다.

하지만 신들이라니?

다른 차원의 정령은 신이 아니다.

"신부님이 신들이라고 하니 조금 뜻밖입니다. 카톨릭은 유일신을 믿는 줄 알고 있었는데요."

"헐헐, 사람은 자신이 아는 한도 내에서 밖에 표현할 줄 몰라요. 창세기를 보면 모세도 하느님을 한 분으로 묘사하지는 않았습니다. '우리의 형상을 따라 우리가 사람을 만들고' 라고 기록했어요. 신학자들은 그걸 두고 수사학적인 장엄복수형이니, 교리적인 삼위일체의 의미라느니 말들 하지만 누가 알겠습니까? 모세의 눈에 하느님이 여럿으로 보였을지 말입니다."

"신부님은 어떻습니까?"

"나는 내가 사실은 아무것도 모르는 사람이라는 것을 믿습니다."

노신부의 말에 강유진은 어깨를 으쓱해 보였다.

모른다니 달리 할 말이 없었던 것이다.

노신부가 물었다.

"당신은 스스로를 누구라고 생각하나요?"

"저요?"

강유진이 손끝으로 자신을 가리켰다.

"그렇습니다. 신들과 함께하는 당신에게 묻는 것입니다. 스스로를 무엇이라고 생각합니까? 사람입니까? 신입니까? 아니면 영화에 나오는 슈퍼맨과 같은 초인입니까?"

"저는……."

강유진은 망설였다.

웬일인지 자기 자신에 대해 선뜻 정의내리기 어려웠다.

어쩌면 '신들과 함께하는 사람' 이라는 말을 들었을 때부터 갈

등이 시작됐는지도 모른다.

"솔직히 잘 모르겠습니다."

결국 강유진은 자신에 대해 모른다고 고백하고 말았다.

노신부가 웃으며 말했다.

"모르겠다고 하는 걸 보니 인간인 것 같군요."

"그렇게 되나요?"

강유진은 노신부의 재치에 가볍게 웃었다.

"나는 하느님께서 당신을 이곳으로 인도했다고 믿습니다."

"왜요?"

강유진은 하느님이 있는지는 잘 모르겠지만, 왜 인도했다고 생각하는지 궁금했다.

"그건 어쩌면 우리가 자신에 대해 잘 모른다는 것을 일깨워 주기 위함이 아닐까요?"

"그게 중요합니까?"

"아무 힘없이 늙은 나도, 나 자신이 어떤 존재인지를 두고 매일 고민합니다. 내가 악하고 게으른 종인지, 칭찬받을 종인지를 알고 싶다고나 할까요? 죽을 날이 다가오니 더 그런 것 같습니다."

강유진은 노신부의 말을 들으며 생각에 잠겼다.

강유진이 침묵하자 노신부도 더 이상 말하지 않았다.

얼마 지나지 않아 최명석이 멀겋게 끓인 죽을 가지고 돌아 왔다.

그러나 노신부는 죽을 먹지 않았다.

최명석과 강유진이 조금이라도 먹어야 한다고 했지만 노신부는 웃기만 했다.

참다못한 최명석이 억지로라도 먹이려는 걸 강유진이 말렸다.

이미 죽음을 목전에 둔 노신부였다.

조금 있으려니 사람들이 우르르 몰려들었다.

노신부는 환한 얼굴로 사람들을 맞이했다.

몇몇 천주교 신자들이 고해성사를 하고 싶어 하자 노신부는 기꺼이 그들의 바람을 들어 주었다.

과거 피아노를 배웠던 여자들 중에 하나가 성가곡을 치기 시작했다.

한쪽에서 천주교 신자들이 고해성사를 하고, 다른 한쪽에서는 개신교인들이 외우고 있던 찬송가와 복음성가를 불렀다.

최명석이 양쪽으로 갈라진 사람들을 보며 중얼거렸다.

"이제 스님만 등장하면 완벽해 지겠는데요?"

사람들은 성당에 오자 갑자기 종교적으로 변했다.

천주교, 개신교, 불교가 따로 뭉쳤다. 그러다 보니 무교도 자연스럽게 한 무리를 형성했다.

안상혁이 곤혹스러운 얼굴로 사람들을 둘러보았다.

이전까지 하나의 공동체라고 해도 과언이 아니었다.

그러나 지금은 최소한 네 개의 공동체가 자기만의 색깔을 드러내고 있다.

이게 좋은 일인지 나쁜 일인지 확신이 서질 않았다.

박세기가 최명석의 뒤통수를 가볍게 때렸다.

"인마, 이게 다 네 입방정 때문이야."

"예? 제가 뭘요?"

"네가 스님 타령을 하니까 이런 일이 생긴 거 아냐."

"에이! 형님, 그건 좀 억지십니다."

박세기와 최명석이 몸 개그를 하고 있는 동안 안상혁이 강유진에게 말했다.

"여기서 빨리 떠나는 게 좋을 것 같습니다."

"두려우냐?"

강유진의 물음에 안상혁은 가타부타 말하지 않았다.

강유진이 종교를 따라 무리지은 사람들을 둘러보며 중얼거렸다.

"오늘은 성당에서 쉬고 내일 출발하자. 사람들에게 자리를 배정해 주고, 음식도 나눠 주도록 해."

"형님, 이런 분위기는 빨리 벗어나는 게……."

"어차피 사람은 자기 믿음대로 산다. 신념을 따라 사는 너도, 그 신념이 일종의 종교인 거다."

"아뇨. 절대로 다릅니다. 인간의 역사에서 종교는 아편과도 같았습니다. 종교는 인간의 삶을 질적으로 변화시키지 못했습니다. 단지 바뀌었다고 착각하게 만들었을 뿐입니다. 그러나 저의 신념은 혼자만의 머릿속에서 일어나는 환각이 아닙니다. 삶과 역사를 바꾸는 실재하는 힘입니다. 저는 형님과 함께 죽음의 시대를 가로지르는데 앞장서고 있습니다. 사람들을 변화시키고, 살아남게 돕고 있습니다."

"자식아, 그게 너의 문제야. 신념을 따라 사는 놈들은 양극단밖에 안 봐. 세상이 온통 흑과 백 밖에 없는 것 같지? 그런데 상혁아, 세상에는 온갖 종류의 색깔이 있다. 종교로 세상을 바꾼 사람도 있고, 신념에 취해 혼자만의 환상 속에서 사는 멍청한 놈도 있어."

"예, 제가 좀 극단적인 건 인정합니다. 하지만 보십쇼. 지금은 종교적인 우아한 모습이지만, 저 사람들은 얼마 지나지 않아 이익집단을 만들게 될 거고, 마침내는 서로를 배척하게 될 겁니다."

"그러라고 해. 어차피 종교도 적자생존이야. 사람들의 지지를 더 받는 종교가 살아남는 법이지."

"종교의 분열로 공동체가 위험에 빠지게 될 수도 있습니다."

"그것 또한 적자생존의 한 방법이야. 그 와중에 죽을 놈은 죽고 살 놈은 살겠지. 설마 너는 모든 인류를 네가 다 구할 수 있다고 믿는 건 아니겠지?"

"하아! 그건 아닙니다. 그냥 답답해서 해 본 말입니다."

"너 무교지?"

"예."

"그럴 줄 알았어. 꼭 종교가 없는 놈들이 종교를 무슨 에이즈(AIDS) 취급을 하더라고. 인마, 나는 종교적인 사람이야. 내가 만약 삼국시대에 태어났으면 난 위대한 샤먼이 됐을 지도 몰라."

"형님은 지금도 위대한 샤먼이십니다."

안상혁이 진지한 얼굴로 강유진을 바라보았다.

강유진은 졌다는 듯 두 손을 번쩍 쳐들고 자리를 떠나갔다.

최명석이 안상혁의 곁으로 바싹 다가갔다.

"진짜 유진 형이 샤먼이라고 생각해요?"

"우리 공동체에서 그 역할을 하고 있는 건 사실이잖아."

"그런가?"

최명석이 고개를 갸웃거렸다.

그러고 보니 종교를 떠나서 많은 사람들이 강유진을 신의 대리인으로 여기고 있기는 하다.

하지만 막상 샤먼이라는 소리를 들으니 기분이 이상하다.

"샤먼이라는 말을 들으니까, 세계가 멸망해서 원시시대로 돌아간 느낌이네요."

"비약이 심했다. 플라즈마 에너지를 사용하는 원시인도 있냐?"

"상혁 형이 원시인을 무시하는데, 초고대문명의 '오파츠' 중에는 원시시대까지 거슬러 올라가는 게 많아요. 나도 유진 형 때문에 연구를 좀 했었다고요."

"그러냐?"

안상혁은 '초고대문명'이니 '오파츠'니 하는 것들에 대해 잘 모른다. 그래서 최명석이 하는 말에 반박할 수가 없었다. 당장 산증인인 강유진과 함께 있으니 더 그랬다.

"원시인이라고 너무 무시하지 마세요. 어쩌면 우리도 먼 미래에 그렇게 기억될지도 모른다고요."

"어이쿠! 그래, 미안하다. 나는 사람들에게 일정을 가르쳐 주러 가야겠다."

"아! 유진 형이 오늘 하루 여기서 묵겠다고 했었죠?"

"솔직히 나는 빨리 떠나고 싶다."

"형님은 좀 마음을 편하게 먹으세요. 쫓기는 것처럼 보일 때가 있어요."

"내가?"

"예, 유진 형과 함께 있는데 뭐가 걱정이에요. 좀 느긋해 지자고요."

"형님은 능력자니까 느긋해도 되는데, 우리는 아니지 않냐. 그러니 좀 긴장하고 살아야지."

"아아! 형님 제발 릴렉스(relax)! 우리도 능력자 형님 덕을 좀 보자고요."

"하아! 그럴까……."

안상혁이 멋쩍게 웃었다.

안상혁은 잠시 장의자에 걸터앉아 우두커니 성당 창문에 있는 스테인드글라스 그림을 바라보았다.

양을 안고 있는 예수.

울고 있는 마리아.

구름을 뚫고 승천하는 예수.

시간이 멈춘 느낌이다.

종교는 없지만, 마음이 조금 치유되는 것 같다.

어쩌면 사람들이 종교에 열광하는 것도 그런 이유에서일까?

"하아!"

안상혁의 입에서 깊은 한숨이 흘러나왔다.

종교로 싸우다 죽건 말건 내버려 두라던 강유진의 말이 떠올랐다.

'적자생존이라…….'

안상혁은 자리에서 벌떡 일어섰다.

자신의 신념은 강유진과 다르다.

적자생존처럼 무자비한 것이 아니다.

오히려 생존에 적합하지 못한 덜떨어진 사람들까지도 끌어안고 나아가는 것이다.

강대상 앞으로 뚜벅뚜벅 걸어 나간 안상혁이 큰 소리로 외쳤다.

"여러분! 오늘 하루는 이 자리에서 쉬기로 했습니다! 가급적 성당을 벗어나지 마시고, 꼭 외부로 나가야 할 때는 언제나처럼 지휘자들의 지시를 따라 주십시오!"

다소 어수선한 분위기인지라 사람들은 이전처럼 크게 답하지 않고 고개를 끄덕였다.

전달 사항이 전파되는 걸 묵묵히 지켜보던 안상혁은 가족들의 곁으로 돌아갔다.

모처럼 만의 휴식을 가장 반긴 건 아이들이다.

아이들은 지휘부의 감독하에 성당과 정원을 뛰어다녔다.

언제 흡혈귀가 나올지 모르는 상황이라 노는 것조차 어른들이 감시하지 않으면 안됐다.

시간은 금방 지나갔다.

밤이 되자 분위기는 더욱 좋아졌다.

설원 위에서 노숙만 하던 사람들에게 성당의 두꺼운 외벽은 온기 그 이상을 제공했다.

사람들은 모처럼 가족 단위로 모여 도란도란 이야기를 나누었다.

가족들 간의 속삭이는 소리가 성당에 가득 찼다.

그건 시냇물이 바위에 부딪쳐 내는 맑은 소리 같았다. 때로는 바람에 나뭇잎이 흔들리는 소리 같기도 했다.

시간이 더 흐르자 속삭임도 잦아들었다.

억지로 버티던 하연이의 눈이 감기자, 강유진은 자리에서 일어났다.

조금 전부터 강대상 앞에 노신부가 나와 있었다.

왠지 자신을 기다리고 있는 것 같았다.

"어디 가시게요?"

임지연이 부드러운 눈으로 강유진을 올려다보았다.

"저 신부님을 좀 만나 봐야겠습니다."

"훗! 고해성사라도 하시게요?"

"모르죠. 늦어질지도 모르니까 먼저 자요."

"그럴게요. 아까 미끄러질 때 발목이 조금 시큰했는데…… 그래서 그런지 더 피곤하네요."

"내가 돌아와서 발목을 주물러 줄 테니까, 놀라지 말아요."

"정말요?"

"네."

"알았어요. 기대할게요."

강유진이 곤란한 얼굴로 말했다.

"기대하지는 말고 그냥 자라고요. 피곤하다면서."

"걱정하지 말아요. 기대하면서 잘 수 있어요."

강유진은 미소를 지으며 손을 흔들었다.

임지연이 멀어져 가는 강유진을 보며 중얼거렸다.

"몰랐죠? 내가 좋아하는 것 중에 하나가 기대하는 거라고요."

성적표를 받기 전, 선물을 받기 전, 좋은 일이 생길 것 같은 날의 아침, 웃으며 다가온 친구의 눈빛을 보고, 기대하는 게 좋았다.

카페에서 강유진을 처음 만나던 날의 아침에도 기분이 좋았다.

임지연은 그날을 생각하다가 잠이 들었다.

강유진이 다가오자 노신부의 얼굴에 미소가 가득했다.

"좋은 밤이지요?"

"네, 그런데 왜 안주무시고 나오셨습니까?"

강유진이 걱정스러운 눈으로 노신부를 바라보았다.

노신부가 담담한 어조로 말했다.

"오늘이 마지막 날이라면 사람들은 가장 하고 싶은 일을 하지 않겠습니까?"

"그럴 겁니다."

"나 역시도 그렇습니다. 가장 하고 싶은 일을 하고 있는 거지요."

"오늘 고해성사를 받아주시느라 수고 많으셨습니다."

강유진은 진심으로 노신부에게 감사했다.

그는 무려 두 달을 굶은 사람이다. 혼자 서 있기도 힘든 몸으로 스무 명이 넘는 사람들의 고해성사를 들어준 것이다.

"하느님이 지금까지 나를 살려 둔 것은 다 써먹을 데가 있어서랍니다."

"아무쪼록 오래오래 사용되시기를 바랍니다."

강유진은 진심으로 그러기를 바랐다.

"나는 이제 내가 할 일을 다 마쳤다는 걸 압니다."

"에이, 그런 소리 마시고요."

노신부가 빙그레 웃으며 물었다.

"그런데 아직도 자신이 누구인지 모르겠던가요?"

"신부님도 그 나이가 되도록 모르시는 걸 제가 어떻게 알 수가 있겠습니까?"

"헐헐, 내가 다른 건 다 모르겠는데 하나 알게 된 것이 있습니다. 들어 보시겠습니까?"

"예."

강유진은 거부하지 않았다.

노신부가 찾아온 것은 그 말을 하기 위해서일 것이었다.

"하느님을 믿는 사람들이 가장 받아들이기 힘든 것이 있다면 아마도 창세기가 아닐까 생각합니다. 내용도 비과학적이지만, 천지창조를 옆에서 지켜본 듯이 기록하고 있으니…… 누구라도 그럴 수밖에 없지요. 그래서 사람들은 창세기의 문구 자체 보다는 '왜'라고 하는 의미에 더 집중을 하는 것 같습니다. '하느님이 왜 인간을 만드셨나? 인간은 왜 타락했나?' 그런 식의 질문은 항상 존재의 의의를 찾는 것으로 이어지지요. '나는 누구인가? 사람은 무엇으로 사는가?' 그렇게 철학으로 가다가, 끝에 가서는 '오직 믿음으로 받아들이라' 고 합니다."

쉬지 않고 말하던 노신부는 힘이 드는지 숨을 헐떡였다.

강유진은 조용히 노신부의 다음 말을 기다렸다.

"먹을거리가 떨어져 곡기를 끊고 눈만 먹는 동안 나는 죽음을 예감했습니다. 그리고 마지막으로 나의 믿음을 의심했지요. 이곳은 '도마 수도원' 이니까요."

이 부분에서 노신부는 농담이라도 한 듯 혼자서 웃었다. 도마는 예수의 12제자 중 가장 의심이 많은 사람으로 알려져 있어서 그런 것이다.

“그러다가 문득 깨달았습니다. 창세기는 ‘왜?’를 묻는 게 아니라는 것을요. 나는 진심으로 그렇게 생각합니다. 창세기는 창조와 타락의 의미를 깨달으라고 기록된 책이 아닙니다. 창조된 것은 그 자체로 이미 충분해요. 거기에 주석을 달고 의미를 부여하는 건 그냥 인간의 자기과시와 만족일 뿐이에요. 그들은, 그것들은, 나는 태어난 것 자체로 그 의미가 충분히 달성된 겁니다.”

“…….”

“어쨌든 하느님께서 만든 것은 바로 그런 나이니까요.”

강유진은 노신부의 말에 불현듯 깨달아 지는 게 있었다.

‘나는 누구인가? 어떤 존재인가?’를 두고 고민했던 시간이 있다.

그러나 노신부의 말마따나 나는 그냥 나일뿐이다.

더 큰 의미를 찾든, 그렇지 못하든, 나는 나다.

“아담과 하와도, 천사와 뱀도, 선악과도, 가인과 아벨도, 소돔과 고모라도…… 모두가 하느님이 만드신 것들입니다. 목적과 용도에 맞게 만드셨지요. 그 모든 것들은 이 땅에 생겨난 것 자체가 의미입니다. 철학과 신학으로 해부한다고 해서 본질이 달라지지는 않아요.”

갑자기 노신부의 숨이 급박해졌다.

"헉, 헉, 만들어진 것으로 족한 겁니다. 있으니까 된 거라 그 말입니다."

"예, 조금 쉬었다가 천천히 말씀하세요."

"하아! 하아! 내 시간이 다 되어 가고 있어요. 하느님, 나는 꼭 이 말을 해야겠습니다."

중얼거리던 노신부가 강유진의 손목을 잡았다.

"나는 보았습니다. 새 하늘과 새 땅을…… 창세기 3장 5절에 뱀이 아담과 하와에게 말했어요. '너희가 그것을 먹는 날에는 너희 눈이 밝아 하느님과 같이 되어 선악을 알 줄을 하느님이 아심이니라' 라고. 그 말은 너희가 신처럼 된다는 말입니다. 헉, 헉, 헉……."

"천천히…… 천천히……."

강유진이 노신부의 손을 맞잡았다.

아침이 아니라 당장 숨이 넘어 갈 것만 같았다.

노신부가 한숨을 길게 내뱉었다.

"하아! 석 달 동안 말을 안 하고 살았더니, 조금 흥분했던 모양입니다."

"이해합니다."

강유진은 조금 의아한 생각이 들었다.

노신부는 말을 할 때마다 숨이 넘어가는 사람처럼 헐떡였다.

그러나 말을 멈추면 숨소리가 차분해진다.

마치 말이 그의 수명을 깎아먹는 것처럼 보일 정도다.

얼굴을 살피니 눈 밑까지 시커멓게 죽음의 기운이 내려앉았다.

몇 마디 말을 나누는 동안 생긴 변화였다.

얼마나 시간이 흘렀을까?

노신부가 희미한 음성으로 말했다.

"…… 사람은 복제 양과 복제 개와 복제 소를 만들었어요. 누가 만들었는지 몰라도, 만들어 냈지요. 그리고 그것들은 마치 태초에 하느님이 빛과 어둠을 만들 때처럼, 세상에 생겨났답니다. 존재 자체로 의미가 있는 그것을…… 인간이 과학이라는 도구로 창조해 낸 거지요. '너희가 신처럼 되리라' 는 말이 이루어 진겁니다. 선악과의 역할을 과학인 한 셈이지요."

"……."

강유진은 노신부가 하는 말들을 어느 정도는 알아들었다.

하지만 왜 그런 말을 하는지는 알 수 없었다.

그게 자신의 생명보다 중요하단 말인가?

"오오! 하느님, 내가 지금 무슨 소리를 한 겁니까?"

혼잣말처럼 중얼거리던 노신부가 강대상 앞에 무릎 꿇고 '복된 죽음을 위한 기도' 를 시작했다.

예수님과 성모님의 다정스러운 포옹 속에
마지막 숨을 거두신 오, 복되신 성 요셉,
저의 생애가 죽음으로 끝날 때
예수님과 성모님을 모시고 오셔서
저를 도와주소서.
저로 하여금 거룩하신 예수님과 성모님의 팔에 안기어
선종하는 은혜를 얻게 하소서.
오 거룩하신 하느님 아버지,
예수님과 성모님과 성 요셉,
저의 삶과 죽음이 거룩하신 당신 뜻에 있사오니
제 영혼을 당신께 맡기나이다.

성모님은 제 발을 붙드시고
수호천사는 제 몸을 호위하여 주시고
성 요셉은 저의 임종을 도와주소서.
우리 주 예수 그리스도의 이름으로 비나이다. 아멘.

제4화

링반데룽(Ringwanderung)

노신부는 기도하던 자세로 숨을 거두었다.

새벽 미명(未明). 아직도 창밖은 어둡기만 했다.

아침이 되자 노신부의 죽임이 알려졌다.

천주교 신자들이 아쉬워했지만, 강유진은 노신부의 장례를 치르지 않았다.

인류는 몰락하는 중이었다.

그 역시도 수많은 죽음 중에 하나일 뿐이다.

안상혁은 도마 수도원을 뒤져 쓸 만한 것들을 골라냈다.

수사들의 깨끗한 옷과 신발, 그리고 쇠붙이가 설상차로 옮겨졌다.

안상혁은 성경이나 신학에 관계된 것들은 손도 대지 않았다.

그것들로 인해 공동체에 분열이 생길까 봐 경계한 것이다.

그 와중에 몇몇 천주교 신자들이 안상혁의 눈을 피해 성서를 챙겼다.

안상혁은 알고도 못 본 척해 주었다.

마침내 시간이 되자 설상차가 다시 육중한 몸을 움직이기 시작했다.

강하연은 노신부의 죽음에 놀랐는지 침울한 표정이다.

강유진이 그런 딸의 머리를 쓰다듬으며 물었다.

"걷기 힘들지?"

"아뇨. 괜찮아요."

임지연이 그런 하연을 안쓰러운 눈으로 바라보았다.

설상차의 적재함에는 10세 미만의 어린아이들과 환자들이 타고 있었다.

올해 14살인 하연은 고작 4살 차이로 어른들과 함께 걸어야 했다.

"기분 나쁜 일이라도 있어? 얼굴이 왜 그래?"

"그 신부 할아버지 말이에요."

"응, 왜?"

"아픈 것도 아닌데 갑자기 죽으니까…… 이상해서요."

"원래 늙으면 갑자기 죽을 수도 있어."

강유진은 노신부가 늙어서 죽은 것처럼 말했다.

슬퍼하는 딸에게 굶어 죽었다는 말은 할 수 없었다.

"그 할아버지가 내 머리도 쓰다듬어 주셨는데……."

"그러니까 아빠한테도 있을 때 잘해. 아빠가 늙어서 죽으면 후회하지 말고."

"피이! 아빠는 새엄마보다 더 젊어 보이는 데 뭘. 어떤 사람들은 아빠가 스물다섯 살인 줄 알아. 나더러 친딸 맞냐고 물어본다니까."

"하연아, 사람들이 나한테 연하랑 산다고 해서 나도 기분 나쁘다."

임지연이 동참했다.

"그쵸? 나한테도 가끔 아빠가 아니라 사촌 오빠 아니냐고 그래요."

"네 아빠 얼굴은 확실히 문제가 좀 있어."

대화의 소재가 죽음에서 동안으로 넘어가자 하연의 얼굴이 언제 그랬냐는 듯 활짝 펴졌다.

기운을 회복한 하연은 제 또래의 여자애들에게로 뛰어갔다.

임지연이 강유진에게 붙어 팔짱을 꼈다.

그런 임지연에게 강유진이 넌지시 물었다.

"내가 동안이라 싫어요?"

"아뇨."

"그런데 왜 그렇게 몰아세워요?"

"하연이가 너무 침울해 보여서 장단 좀 맞춰 준 거예요."

"아하!"

"그런데 어젯밤에는 무슨 얘기가 그렇게 길었어요? 기다리다가 잠이 들었네요."

"그 신부님 말이에요. 꿈에서 나를 봤다고 하더라고요."

"꿈에서요?"

임지연이 놀란 눈으로 강유진을 바라보았다.

"네, 무슨 교황이 꿈에 프란체스코의 얼굴을 봤다고 하면서, 그 분도 나를 봤다고 하시더라고요."

"재밌네요. 그리고요?"

"그리고 성경에 관해서 얘기도 들려줬어요. 창세기."

"신부님답네요."

임지연은 신부님이 강유진에게 종교적인 덕담을 했으려니 생각했다.

강유진은 노신부가 한 이야기를 상세히 하려다가 말았다.

어디서부터 이야기를 풀어야 할지 난감해서다.

다행히 임지연은 노신부가 한 말에 더 이상 관심을 보이지 않았다.

"어제는 좋아하는 거 말했으니까, 오늘은 나만 아는 이야기를 말해 보기로 할까요?"

"비밀 같은 건가요?"

"아뇨, 비밀은 아무에게도 말하면 안 되는 거잖아요. 나만 아는 이야기는 뭐랄까……. 함께 나누고 싶은 추억 같은 거예요."

"아! 추억? 좋습니다. 저부터 해야 되나요?"

"아뇨, 이번에는 제가 먼저 할게요. 그래야 공평하죠."

강유진은 고개를 끄덕였다.

임지연이 뭔가를 골똘히 생각하더니 입을 열었다.

"초등학교 2학년 때 놀이동산 야간개장에 갔다가 가족들과 떨어진 적이 있어요. 언니가 넘어져서 무릎이 까졌을 때예요. 엄마가 우는 언니를 안아 일으키고, 아빠가 남동생을 달래느라 잠깐 한눈을 파는 동안에, 제가 혼자서 움직여 버린 거죠."

강유진은 임지연의 손을 꽉 잡아 주었다.

"울면서 엄마 아빠를 찾으러 돌아다녔었어요. 그냥 가만히 있었으면 어쩌면 더 빨리 만날 수 있었을 텐데, 놀라서 가만히 있을 수가 없었어요. 몇 시간이나 놀이동산을 헤맸죠. 그러다가 우연히 하늘을 보게 됐어요. 신기하게 밤하늘이 파랬어요. 깊은 바다처럼. 돌아다니던 걸 멈추고 벤치에 앉아서 하늘만 바라봤죠. 그 순간만큼은 무섭지도 않고, 외롭지도 않았어요. 그 뒤로 가끔 밤하늘을 봐요. 하지만 그날처럼 파란 하늘은 아직 본 적이 없어요."

"공해 때문일 겁니다."

강유진이 덤덤한 음성으로 중얼 거렸다.

"그거 지금 농담이라고 한 거죠? 재미없었어요."

"농담 아닌데……."

"어머, 좀 정서적으로 접근해 주세요. 소중한 추억인데."

"아, 그러고 보니 저도 정서적인 추억이 있습니다."

"뭔데요?"

"고등학교 때 부모님을 따라 멀리 이사를 갔어요. 서울 변두리지만 꽤나 크고 주택이 밀집해 있는 동네였죠. 겨울에 이사를 갔는데, 그 주에 눈이 펑펑 내린 거예요."

"아!"

"자다가 귀가 먹먹한 느낌에 깼어요."

"기압 차이를 느끼셨나 봐요. 예민하시다."

"시계를 보니까 새벽 2시쯤 됐더라고요. 답답해서 환기를 잠깐 하고 더 자려고 창문을 열었는데, 눈이 펑펑 내리고 있는 거예요. 나도 모르게 신발을 꿰신고 밖으로 나갔어요. 그리고 소복하게 쌓인 하얀 눈을 밟으면서 돌아 다녔죠. 2시간 정도 돌아다니다가 정신을 차리고 보니까 낯선 동네인 거예요. 이사를 간 직후라 지리도 익히지 않은 상태였어요.”

“설마 길을 잃었어요? 고등학생이?”

“제가 원래 길치거든요.”

“그래서요?”

“주택가에서 길 찾기를 포기하고 큰 도로를 찾았죠. 신발이 젖어서 발은 얼고……. 춥고 피곤한데 집은 못 찾겠고……. 정말 암담했어요.”

강유진은 그때를 생각하며 머리를 긁적였다.

“그게 끝이에요?”

“네. 암담했던 추억이죠.”

“정서적이라면서요.”

“마음이 짠해지지 않아요?”

“그냥 머리가 나쁜 남학생의 고생담 같은 걸요?”

“하얀 눈에 덮인 세상을, 젖은 신발로 하염없이 걸어가는, 길 잃은 낭만소년의 애환이 느껴지지 않는다고요?”

“네, 잘 모르겠어요.”

정서와 낭만을 찾고 있는 두 사람에게 최명석이 다가갔다.

“형님, 정서도 좋고 낭만도 좋은데, 잠시 저쪽 좀 보십쇼.”

최명석이 손으로 좌측 숲을 가리켰다.

숲 속에서 하얀 연기가 피어오르고 있었다.

부대를 떠난 이후에 사람들을 만나지 못한 건 아니다.

그들 중 절반 정도는 합류해서 공동체의 일원이 되었다.

나머지 절반은, 놀랍게도 자신들만의 소규모 모임을 지속해 가길 원했다.

이유는 간단했다.

감투를 쓴 인간을 믿지 못해서다.

그들은 과거의 정부나 재건정부의 행태에 질려서 홀로 살아가기를 원하고 있었다.

안상혁은 일단 설상차 주변으로 사람들을 모았다.

박세기는 삼십 명의 경비대를 미리 정한 자리로 보내 주변을 경계하게 했다.

그러는 동안 강유진과 최명석이 숲으로 들어갔다.

숲 안쪽의 상황은 처참했다.

바싹 마른 사람들 아홉 명이 모닥불을 피우고 있었다.

두 세 가족이 한곳에 모여 있는 것 같았다.

놀랍게도 이 사람들은 강유진과 최명석을 보고도 경계하지 않았다.

오히려 반갑다는 분위기다.

그들의 태도에 강유진과 최명석이 조금 당황했을 정도다.

두 사람이 머뭇거리고 있을 때다.

어른 셋이 느릿하게 다가왔다.

마주 보기가 민망할 정도로 말라 있었지만 세 사람의 표정은 밝았다.

오십 대 남자가 웃으며 먼저 인사를 건넸다.

"반갑습니다. 우리는 유랑 중인 사람들입니다. 세 가족이 우연히 만나 합치게 되었지요."

"아! 일행들과 함께 지나던 길에 연기를 보고 궁금해서 와봤습니다."

"따로 일행이 있으시군요?"

남자의 물음에 강유진이 선선히 고개를 끄덕였다.

그리고 주변을 가볍게 돌아보며 말했다.

"네, 그런데 오래 머무르신 것 같이 보이네요?"

나무와 헝겊을 이용해 만든 천막은, 임시라고 하기에는 너무 견고해 보였다.

"하하, 유랑이라는 게 그렇지요. 환자가 생겨서 평소보다 오래 머무르던 참입니다."

남자가 최명석의 허리춤에 있는 권총을 힐끗 바라보았다.

"우리는 무장을 하지 않은 평범한 사람들입니다."

최명석이 남자를 유심히 보며 물었다.

"이 일대는 강도단이 꽤나 설치고 다니던 지역인데, 위험하지 않습니까?"

"강도단요? 아니요. 지금까지 만난 적이 없습니다. 그런데 혹시 의약품이 있으십니까? 환자가 있어서……."

최명석이 강유진을 바라보았다.

착해 보여서 도와주고 싶지만 그건 강유진이 결정해야 할 문제였다.

"가서 신 박사님을 모시고 와라. 그리고 박세기 씨에게는 주변 경계를 강화하라고 하고."

"예."

최명석이 가벼운 걸음으로 숲을 빠져나갔다.

오십 대 남자가 강유진에게 연신 허리를 숙였다.

"감사합니다. 정말 감사합니다."

"아닙니다. 그런데 환자분은 어디가 아프신 겁니까?"

공동체를 위해서라도 환자의 상태를 파악해 두어야 했다. 만에 하나라도 전염병이라면 당장 이곳을 벗어나야 하는 까닭이다.

"제 딸인데…… 기침이 심해서요."

"어느 정도나?"

"잠도 못잘 정도로 힘들어 합니다. 얼마 전부터는 피까지 토해서……."

"알겠습니다. 만일을 대비해서 우리 일행에게는 숲으로 접근하지 말라고 하겠습니다. 여러분도 최소한 우리가 떠날 때까지 숲에서 벗어나지 마십시오."

"예."

남자도 감기를 옮기고 싶지는 않았던지 선선히 승낙했다.

30분쯤 지나서 최명석과 신철호 박사가 숲으로 들어왔다.

남자는 신철호 박사를 중앙에 있는 천막으로 인도했다.

한참 만에 나온 신철호 박사는 곧바로 강유진을 찾아갔다.

강유진은 신철호 박사를 보자마자 물었다.

"아버님, 병명이 뭔지 알아 내셨습니까?"

양부모로 모시겠다고 한 뒤로 종종 찾아가 말상대를 한 덕분에 아버지라는 말이 술술 나왔다.

자연스럽기는 신철호도 마찬가지였다.

그는 폭격으로 외동딸을 잃은 뒤에 부모를 잃은 친척 딸을 수양딸로 들였다. 그래서인지 강유진을 아들로 대하는 게 그리 어색하지 않았다.

"그래, 가래를 검사해 보니 결핵이더구나."

"결핵요?"

"지난 수천 년간 인류를 괴롭혀온 적이지."

"치료는?"

신철호 박사가 고개를 저었다.

"이미 치료의 시기를 놓쳤다. 체력이 떨어져서 며칠 버티지 못할 것 같다."

"이곳의 사람들도 결핵에 감염되었을까요? 아까 보니까 몇 명이 기침을 심하게 하는 것 같던데."

"결핵은 공기와 타액을 통해 전염되니까, 감염되었을 가능성이 높다. 건강한 사람들은 면역력으로 결핵에 걸리지 않을 수도 있지만…… 저 사람들은 그걸 기대할 수준이 아닌 것 같구나. 확실한 건 검사를 해 봐야 알겠지. 혹시 이들을 우리 공동체에 받아들일 생각이냐?"

"지금까지 만난 사람들에게 기회는 줬었으니까요. 그런데 결핵에 감염된 것 같아서 망설여지네요."

"그렇다고 해도 격리를 하고 치료하면 크게 문제가 되지는 않을 게다. 문제는 치료제가 많지 않다는 건데……."

"결핵약이 어느 정도나 있는데요?"

"거의 없다. 잘해야 한 두 사람이 먹을 정도 밖에는……. 결핵 치료는 약을 하루 이틀 먹어야 하는 게 아니라서 말이다."

"약을 오래 먹어야 하나요?"

"4종류의 결핵 약이 있는데, 처음 결핵약을 복용하는 사람이라도 최소한 6개월은 복용을 해야 완치가 된다. 과거에 걸린 적이 있는 사람은 그보다 더 길게 약을 먹어야 하지. 약에 대한 내성이 생겼기 때문에 결핵균이 잘 죽지 않거든. 그래서 두 번째 치료부터는 최소한 2년간 꾸준히 약을 복용해야 한다. 안타깝지만 우리에게 그 정도의 결핵약은 없구나."

강유진이 암울한 표정으로 사람들을 둘러보았다.

사람들은 천막 앞에 모닥불을 피우고 두런두런 이야기를 나누고 있었다.

"저 사람들의 치료는…… 불가능하겠죠?"

"면역력으로 자연치유가 되었다면 모를까…… 이미 발병했으면 치료가 불가능하다고 봐야지."

"아버님은 어떻게 했으면 좋겠습니까?"

"결핵 증상이 없는 사람만 선별해서 데리고 가는 게 최선이라고 생각한다. 물론 그것도 위험은 따르지만…… 그 정도는 해야 나중에라도 후회가 남지 않을 것 같구나."

"그렇게 하겠습니다. 저 사람들에게 사정을 말하고 양해를 구하겠습니다. 지원자들에 한해 검사를 받는 것으로 하지요."

"그러자꾸나."

마음을 정한 강유진은 사람들에게로 다가갔다.

조마조마한 마음으로 기다리고 있던 사람들이 급히 입을 다물었다.

강유진은 천막 안의 여자가 결핵에 걸렸음을 알렸다.

결핵이라는 말에 오십 대 남자의 얼굴이 어두워졌다.

“결핵약이 없어서 치료가 불가능합니다. 결핵의 특성상 여러분들 중에도 결핵 감염자가 있을 겁니다. 우리는 곧 떠날 계획입니다. 만약 우리와 함께 가고 싶은 사람이 있다면, 결핵 검사를 통과해야 합니다. 우리 공동체로 전염되는 걸 막아야 하니까, 어쩔 수가 없습니다.”

눈치를 살피던 한 남자가 조심스럽게 물었다.

“그쪽 공동체는 우리를 받아 줄 정도로 식량이 있습니까?”

곁에 있던 최명석이 웃으며 말했다.

“하하! 식량은 충분합니다.”

“특별한 목적지가 있나요?”

“어디로 가는 중인가요?”

“그쪽은 몇 명이나 됩니까?”

식량이 충분하다는 말에 질문이 쏟아졌다.

강유진이 손을 들어 사람들의 흥분을 가라앉혔다.

“우리는 개발하던 정착지로 돌아가고 있는 중입니다. 그곳에서 농사를 계속 지을 예정입니다. 현재 인구는 167명 정도입니다.”

오십 대 남자가 놀란 눈으로 물었다.

“이 추위에 농사가 가능합니까?”

"예, 비닐하우스와 난방 시설로 작물 재배가 가능합니다."

사람들은 머리를 맞대고 한창 토론을 벌였다.

잠시 후, 박시우와 그의 가족이 결핵검사를 지원했다.

신철호 박사는 결핵검사를 지원한 세 사람을, 그들의 천막에서 검사했다.

다행히 그들의 체액에서는 결핵균이 검출되지 않았다.

이미 결핵 판정을 받은 딸이 있는 가족과, 기침 가래가 심한 사람이 있는 가족은 아예 검사도 받지 않았다. 그들은 '어차피 치료제도 없는데 마음 졸이며 살고 싶지 않다' 고 했다.

강유진은 남겨진 사람들에게 전투식량 한 상자를 주었다.

몇 년 만에 제대로 된 전투식량을 받아 든 사람들은 눈물까지 흘리며 감사했다.

새로 합류한 일가족 세 사람은 설원 위에 서 있는 설상차를 보고 벌린 입을 다물지 못했다.

멍하니 서 있던 박시우가 처의 귓가에 속삭였다.

"여보, 따라 나서길 잘했지?"

"그러게요. 믿어지지가 않네요."

12살짜리 박시우의 딸은 어느새 또래가 모인 곳에 섞여 재잘대고 있었다.

박시우는 자신에게 찾아온 행운이 믿어지지 않았다.

아무런 조건 없이 결핵 보균자일지도 모를 자신의 가족을 받아 준 사람에 대한 궁금증이 생겼다.

설상차가 굉음을 토해내며 다시 움직였다.

그 뒤로 사람들이 줄지어 걷기 시작했다.

박시우는 조금 전에 안면을 튼 최백호라는 청년에게 슬쩍 물었다.

"최백호 씨, 혹시 강유진이라는 사람에 대해서 좀 아십니까?"

"좀 압니다. 왜요?"

"아뇨, 조건 없이 우리를 받아 줘서요. 요즘 그런 사람이 없잖아요. 다들 자기 것 챙기기도 바쁜데……."

"강 선생님은 신비한 분이시지요."

"헐! 신비해요?"

"밤이 되면 저절로 알게 될 겁니다."

"밤예요?"

"예, 백 마디 말보다 한번 보는 게 낫습니다."

그 말을 끝으로 최백호는 바쁘게 어디론가 걸어갔다.

안도희를 찾아가는 것이다.

살금살금 안도희의 등 뒤로 다가간 최백호가 안도희의 손에 들린 짐 꾸러미를 낚아챘다.

"어멋! 깜짝이야!"

말과 달리 안도희의 눈은 웃고 있었다.

"도희 씨, 이번에 돌아가면 둘이 살아 봅시다."

"네?"

"험! 험! 계속 부모님이랑 살 수는 없잖습니까? 나이도 있는데."

못들은 척 앞만 보며 걷던 안도희가 작게 말했다.

"오빠에게 말해 볼게요."

순간 최백호의 입이 귀밑에 걸렸다.

안도희가 처음으로 자신과 살겠다는 마음을 내비친 까닭이다.

최백호는 용기를 내서 안도희의 어깨에 손을 올렸다.

안도희는 최백호의 손을 밀어내지 않았다.

휘적휘적 걸어가던 강유진이 안상혁의 팔을 툭 건드렸다.

"예?"

안상혁이 바라보자 강유진이 중얼거렸다.

"네 동생보다 네가 먼저 짝을 지어야 하는 거 아니냐?"

"요즘 세상에 무슨 짝을 지어요? 그냥 마음 맞으면 같이 사는 걸……."

"뒤에 봐라. 네 동생이 최백호하고 다정하게 걷고 있다. 빨리 보내 달라고 시위하는 거야. 네 부모님은 그래도 네가 먼저 짝짓기 하는 걸 바라실 거다."

"아니 제가 무슨 원숭이도 아니고 짝짓기가 뭡니까?"

"그럼 결혼이라고 할 거야? 내가 주례라도 서 줘?"

"그런 호사는 바라지 않습니다."

"인마, 농담 아냐. 내일로 미루다가 영영 이루지 못할 수도 있어. 우리는 내일을 사는 게 아니야. 오늘 하루만을 살 뿐이라고. 김미연씨에게 미안하지도 않냐?"

안상혁은 찔리는 게 있는지 변명하지 못했다.

한참 만에 안상혁이 말했다.

"정착지로 돌아가면 부모님께 말씀 드리고 분가하겠습니다."

"그래, 잘 생각했다. 너무 오래 뜸을 들였어. 이참에 명석이도 보내야겠다."

"신경 써 줘서 감사합니다."

"감사는 무슨. 우리가 남이냐?"

안상혁이 인상을 찡그렸다.

'우리가 남이냐?' 는 말은 싫어하는 농담 중 하나였다.

그 소리를 자신이 가장 존경하는 사람에게 들으니 묘하다.

달콤하면서도 씁쓰름했다.

안상혁은 자신도 평범한 사람이라는 것을 새삼 깨달았다.

'우리가 남이냐?' 는 질문은 인간의 굴레다.

거기서 벗어난다는 것은 자기기만에 불과하다.

지금까지 자신을 괴롭게 하던 명제 하나가 떨어져 나갔다.

혁명전사 안상혁의 입에서 뜻 모를 한숨이 흘러나왔다.

*　　*　　*

강유진 일행은 정착지로 거슬러 올라가는 동안 전에 없던 변화를 느꼈다. 유랑하는 사람들이 지나치게 많았던 것이다.

사람들이 마치 '링반데룽' 이라도 하듯 정착지 인근을 맴돌고 있어서 더 그렇게 보인 것이지만, 강유진 일행은 거기까지는 알지 못했다.

'링반데룽' 은 '등산객이 폭설로 방향감각을 잃어버린 체 같은 지역을 빙빙 맴도는 현상' 을 가리키는 말이다.

모두기 길을 잃은 영혼들이니 어쩌면 링반데룽이 맞는지도 모른다.

그들은 모두 한때 도시락이 되었다가 인구과다로 방출된 사람들이었다.

사람은 도시락이 되는 순간 자신의 주인인 신인류를 영혼에 각인 한다. 그리고 무의식중에 주인의 주변을 인공위성처럼 맴돌게 된다.

박세기와 교대해 운전하던 최명석이 중얼거렸다.

"형님, 원래 이렇게 사람이 많았나요?"

"저 정도는 아니었지. 주변이 온통 산인데 뭐 먹을 게 있다고?"

"그렇죠? 인구가 늘어난 거죠? 도시가 완전히 박살 났나?"

최명석의 혼잣말에 박세기가 맞장구를 쳤다.

"그랬을 수도 있지. 도시의 먹을거리란 어차피 한정된 거였으니까."

"이 사람들이 다 우리를 따라 올까요?"

"모르지. 하지만 따라 온다면 강 선생님이 다 받아 주기는 할 거다."

"예정에 없는 인구 폭발이 일어날지도 모르겠네요."

최명석은 제 입으로 인구 폭발이라는 말을 하고 나서 고개를 갸웃거렸다.

'어디서 들어본 말인데…….'

그러나 아무리 생각해도 누가 한 말인지 떠오르지 않았다.

최명석은 이내 그 단어를 떨쳐 버리고 정면으로 시선을 던졌다.

또 한 무리의 사람들이 다가오고 있었다.

적게는 두세 명에서 많게는 십여 명까지 다양했다.

최명석은 강유진과 안상혁이 알아서 처리할 거라고 생각하며 뇌리에서 떨쳐 냈다.

설상차 밖에서 걷고 있는 강유진과 안상혁도 곤혹스럽기는 마찬가지였다.

먹을거리도 구하기 어려운 경기도 외곽에 떠도는 사람들이 너무 많았다.

마치 도시의 생존자들이 죄다 경기도로 쏟아져 나온 것 같았다.

그 바람에 박세기만 바빠졌다.

그는 경비 대원들과 함께 불청객들의 무단 접근을 차단하느라 쉴 틈이 없었다.

한 무리를 처리하고 나면 다른 한 무리의 사람들이 등장했다.

그나마 다행인 것은 대부분의 불청객들이 얌전했다는 점이다.

박세기는 물론 강유진과 안상혁마저 그 이유를 경비 대원들의 압도적인 숫자와 무장에서 찾았다.

화력에서 상대가 되지 않으니 소란을 일으키지 못하는 것이라고 생각한 것이다.

유랑인들은 조심스럽게 공동체의 꽁무니에 따라붙었다.

그들 중 용기 있는 사람들은 '공동체에 합류하게 해달라' 고 간청했다.

그럴 때마다 강유진은 간단한 신체검사 후에 그들을 공동체의 일원으로 받아들였다.

신체검사는 며칠 전 숲 속에서 결핵 환자들을 만난 이후에 급조된 가입절차다.

여자 대표들이 "의약품이 없는 상황에서 전염병이 돌면 생존하기 어렵다"라고 불안을 호소했다.

지휘부는 그 의견을 받아들였다.

그리고 숲에서 약식으로 행했던 결핵검사에서 영감을 얻어 신체검사를 만들었다.

그런데 누구도 예상치 못한 일이 일어났다.

신체검사까지 통과한 신입 주민들이 동행한지 하루 이틀 만에 슬그머니 떨어져 나간 것이다.

박세기는 "우리를 믿지 못해서 그런 것 같다"고 했다.

그런가 하면 최명석은 "그들은 강도단의 끄나풀 일지도 모른다"고 했다.

누구도 정확한 이유를 알지 못했다.

답답한 마음에 떠나가는 사람을 잡고 이유를 물은 사람도 있었다.

하지만 떠나는 사람은 이유를 명확히 설명하지 않았다.

그저 "미안하다"는 말을 반복하며 어둠 속으로 사라져 갔다.

마침내 설상차가 부대로 통하는 길에 접어들었을 때, 신입은 단 한 사람도 남아 있지 않았다.

그런 현상을 두고 지휘부는 "왠지 기분 나쁘다"와 "차라리 잘됐다"로 나뉘어 졌다.

조수석에 앉은 최명석은 왠지 기분 바쁘다는 측이었다.

"굶주림으로 피골이 상접한 사람들이 떠나가다니? 있을 수 없는 일 아닙니까? 뭔가 잘못된 거 같습니다."

최명석은 진지하지 않은 성격이지만 촉이 좋다.

박세기도 그런 최명석을 알기에 기분이 좋지 않았다.

그렇다고 해도 명확하게 "이것 때문이다"라고 말할 수 없어서 답답했다.

"누군가에게 협박을 받았는지도 모르지."

"누구요?"

"반란군 일당일 수도 있고……."

박세기는 '흡혈귀들의 장난일수도 있다'는 말을 하고 싶었지만 참았다. 흡혈귀라면 뒤에서 사람을 겁주기보다는 정면으로 덤벼들 것 같았다.

부대의 정문 앞에서 설상차가 멈춰 섰다.

바리게이트가 사라지고, 입구도 활짝 열려 있었다.

이래서는 처음 부대를 찾을 때와 같은 형국이다.

최명석이 중얼거렸다.

"부대를 버리고 간 모양입니다."

"전기도 끊기고 음식도 없으니 그럴 수밖에."

박세기는 설상차를 연병장 입구에 세우고 운전석에서 내렸다.

그리고 사람들이 모두 모이기를 기다렸다.

선두에서 무리를 이끌고 있던 강유진과 안상혁이 가장 먼저 초소를 통과했다.

강유진이 감개무량하다는 표정으로 멀리 서 있는 CP와 연병장을 둘러보았다.

짧은 기간의 외유지만 마치 집으로 돌아온 것 같은 느낌이다.

곧이어 초소를 통과한 사람들이 하나둘씩 모여들었다.

171명의 사람들이 모두 모였다.

사람들이 들뜬 눈으로 주변을 살폈다.

비록 처음 이 부대에 올 때처럼 스산했지만, 사람들은 실망하지 않았다.

그들에게는 '강유진과 임지연이 전기를 사용하게 해 줄 것이다' 라는 믿음이 있었다.

안상혁은 사람들에게 남은 일정을 알려 주기 위해 설상차 위로 올라갔다.

그리고 막 입을 열려고 할 때다.

사방에서 방금 전까지 보이지 않던 사람들이 걸어 나왔다.

추위를 피해 건물 속에 웅크리고 있던, 도시락들이었다.

*　　　*　　　*

안상혁은 부대에 있는 사람들이 도시락이라는 것을 모른다.

그저 미련을 버리지 못해 남아 있던 사람과 유랑 중이던 사람들이라고 생각했다. 그래서 느릿느릿 다가오는 그들을 보면서도 저지하지 않았다.

'운이 좋은 사람들이로군'

안상혁은 바싹 마른 사람들을 담담한 시선으로 바라보았다.

저들은 모를 것이다.

자신들의 삶에 기적이 일어났다는 것을.

죽음의 문턱에서 삶으로 방향 전환하게 되었음을.

구하기 위해 노력하지 않았음에도 공짜로 얻게 된 축복을.

잠시 멈칫했던 안상혁이 말했다.

"지금부터 정착지 재건에 대한 간략한 안내를 시작하도록 하겠습니다. 경비대가 먼저 부대 내부를 순찰해 안전에 이상이 없는지 확인할 겁니다. 안전이 확인되면 그 지역부터 거주지를 재배정하겠습니다."

사람들이 살 곳을 다시 정해 주겠다는 소리다.

그러기 위해서 경비대에게는 따로 "순찰과 함께 불청객—지휘부는 당분간 부대에 있는 유랑자들을 그렇게 부르기로 했다— 들을 퇴거시키라"는 지시를 내린바 있다. 물론 그들에게도 새 보금자리를 제공할 것이다. 그들도 새로운 주민이 된 것이나 마찬가지니 말이다.

"순찰과 가구 재배치가 끝나면 기술부는 발전 시설과 전기선을 점검하고, 전기 공급을 재개합니다."

가장 중요하고 시급한 것이 전기의 재공급이다. 그러기 위해서는 플라즈마 발전기가 무사한지, 전기선이 훼손당하지 않았는지를 점검해야 했다. 강유진이 플라즈마 에너지를 공급해도 정작 발전기와 전기선에 문제가 생겼다면 무용지물이 된다.

"전기가 공급되면 10세 미만의 아이들은 전과 같이 놀이시설로 보냅니다. 그때부터 건설부는 부서진 건물과 기기들을 확인하고 수리를 시작합니다. 다른 사람들도 이전에 소속되었던 근무지를 찾아가 복구에 동참하시면 됩니다. 기타의 일정은 전과 동일합니다. 아침 8시에 기상하고, 저녁 6시에 일과를 마칠 것입니다. 식사시간도 같습니다. 아침 8시, 오후 1시, 저녁 6시에 식당에서 배식을 할 겁니다. 질문 있습니까?"

이미 경험이 있는 사람들인지라 알았다는 듯 고개를 끄덕였다.

부대에 들어와 살고 있던 유랑자들은 기웃거리기만 할뿐 아무것도 묻지 않았다.

박세기는 경비대를 3개의 조로 나누었다.

2개조는 부대를 조사하고, 1개조는 건물에 있는 사람들을 설득해 연병장으로 내보냈다.

그동안 강유진은 연병장 한가운데 불을 피웠다.

불을 지피자 더 많은 사람들이 모였다.

그때부터는 굳이 경비대가 사람들을 설득하지 않아도 됐다. 사람들은 마치 불빛에 홀리기라도 한 듯 연병장으로 모여들었다.

제5화

아직 끝나지 않았다

지휘부의 우려와 달리 불청객들은 반항하지 않았다.

처음 지휘부는 반란을 지지하던 불만세력들이 부대에 남아 있을지도 모른다고 생각했다. 그래서 그들이 '거주지 재배치에 불만을 품고 소동을 부리면 어떻게 해야 하는가?'를 주제로 회의까지 연 적이 있다.

하지만 그건 기우에 불과했다.

불청객들은 지휘부와 경비대가 시키는 대로 움직였다.

가라면 가고 오라면 왔다.

반항도 의문도 제기하지 않았다.

덕분에 경비대의 부대 점검에는 한 시간도 걸리지 않았다.

안상혁은 연병장에 모인 주민들에게 그들이 살아가야 할 장소를 알려 주었다.

그것은 이전과 크게 다르지 않았다.

기본적으로 남녀의 숙소를 구별하고, 공동거주지와 개별거주지로 사람들을 분류했다.

거의 대부분이 전에 살던 자리로 돌아갔다.

순수한 의미에서의 불청객은 50명 남짓 밖에 되지 않았다.

155명의 사람들 가운데 무려 100여 명이 반란을 지지했던 사람들이었다.

다행인 점은 반란군과 직접적으로 관계된 사람들이 보이지 않았다는 점이다. 그래서인지 무기를 소지한 사람들은 보이지 않았다.

한편 연병장에 남아 있던 박세기는 지난번의 실패를 교훈삼아 불청객들의 짐을 조사했다.

무장반란의 여지를 남겨 두고 싶지 않아서다. 또다시 반란군을 쫓아내기 위해 정착지를 떠나는 일은 피하고 싶었다.

가구의 재배치까지 끝났다.

그러는 동안 경비대는 순찰을 마치고 초소에 다시 투입되었다.

전기 철조망에 전기가 아직 흐르지 않는 것만 빼고는 모든 게 이전의 위치로 돌아간 셈이다.

안상혁이 임지연에게 다가갔다.

"임 박사님, 경비대가 내부 점검을 끝냈습니다. 초소마다 경비원도 배치했습니다. 내부는 안전합니다."

"그럼 이제 기술부가 움직일 시간인가요?"

"예."

임지연의 곁으로 기술부의 사람들이 모였다.

대기하고 있던 다섯 명의 무장 경비 대원이 기술부를 경호하기 위해 움직였다.

"그럼 점검하러 가 볼까요?"

강유진과 임지연의 기술부가 발전시설이 있는 CP건물 뒤쪽으로 이동했다.

안상혁은 연병장에 남았다.

사람들을 살피던 안상혁이 무심코 중얼거렸다.

"왜 이렇게 조용하지?"

박세기가 동의한다는 듯 고개를 끄덕였다.

"그러게 말입니다. 300명이 넘는 사람들이 모인 것 치고는 너무 말이 없네요."

기존의 공동체 구성원들이야 이런 상황에 익숙하니 그렇다 쳐도, 불가에 모여 긴급 지원된 비상식량을 먹고 있는 불청객들까지 말이 없다니?

안상혁이 이해가 가지 않는다는 듯 말했다.

"사람들의 얼굴에 놀람과 감동이 없군요. 왜 그럴까요? 죽다가 살아났는데, 전기가 공급된다는데, 별로 관심이 없다는 표정들이네요."

"그러게 말입니다. 궁금한 것도 없고, 시키면 시키는 대로 다 하더라고요. 무슨 좀비도 아니고……."

좀비라는 말에 안상혁이 모닥불로 달려갔다.

그리고 가까이 있는 남자를 돌려 세웠다.

얼굴이 낯익은 걸 보니 반란을 지지했던 사람 같다.

안상혁은 다짜고짜 그의 웃옷을 벗겼다.

그 바람에 음식을 놓친 그가 놀란 얼굴로 안상혁을 바라보았다.

때가 꼬질꼬질 낀 것 외에 아무런 상처가 없다.

안상혁이 안도의 한숨을 쉬며 그의 어개를 토닥였다.

"미안합니다. 급하게 확인할 게 있어서 그랬습니다."

"아, 예."

남자는 아무렇지도 않은 얼굴로 주섬주섬 옷을 껴입었다.

그리고 떨어진 비상식량을 주워들었다.

안상혁이 박세기에게 돌아갔다.

안상혁의 얼굴은 무섭게 굳어 있었다.

"무슨 문제라도 있습니까?"

"아무 문제가 없다는 게 문제인 것 같습니다."

"그게 문제가 됩니까?"

"저 남자는 반군을 지지하던 사람입니다. 제가 양해를 구하지도 않고 상의를 벗겼지요."

"봤습니다."

그렇지 않아도 안상혁의 무례한 행동이 이해가 가지 않던 참이다. 평소 사람들에게 정중하던 그의 언행을 생각하면 더욱 그렇다.

"그는 저항하지 않았습니다."

"그야 과거 이력 때문에 그랬던 게 아닐까요?"

"그랬다면 다행이겠지만, 누구라도 처음에는 움츠리는 게 정상입니다. 그는 그런 본능적인 행위마저도 하지 않았습니다."

"설마 그를 도시락이라고 생각하십니까?"

"잘 모르겠습니다. 지금까지 도시락이 된 사람을 본 적이 없어서요."

안상혁은 도시락에 대해 다시 생각했다.

도시락은 좀비가 폭발적으로 늘어나 도시 하나가 사라지자 흡혈귀들이 새로이 만든 제도다.

'미국의 소도시에서 좀비가 급격하게 늘어났다.'

그렇게 많은 사람들이 흡혈을 당했는데 왜 아무도 모르고 있었을까?

'모른다. 알 수 없다. 표시가 남지 않는다?'

한순간 안상혁은 등골이 오싹했다.

거머리는 피를 빨아 먹을 때 마취 성분의 체액을 분비한다. 그래서 대상은 통증을 느끼지 못한다. 사람이 상상도 하지 못할 일이 자연계에서는 비일비재하게 일어난다.

'흡혈귀에게도 뭔가 특별함이 있지 않을까?'

흡혈의 자국이 남지 않을 수도 있다.

도시락이 된 인간을 조정할 수도 있다.

세상과 우주에 대해 사람이 아는 지식은 극히 제한적이다.

'만약 기지가 흡혈귀에게 점령당했다면? 그래서 저들 중에 상당수가 도시락이라면?'

뭔가 잡힐 듯 말 듯한 느낌에 안상혁은 더 집중했다.

흡혈귀는 강유진에게 상대가 되지 않는다. 오히려 강유진을 피해 다녀야 정상이다. 실제로도 그들은 그렇게 하고 있었다.

'그런 흡혈귀가 기지에 왔다? 왜?'

방향을 달리하지 오싹한 전율이 밀려온다.

문득 김소영의 죽음이 떠올랐다.

흡혈귀들은 그녀를 죽인 것으로도 부족해 목을 잘라 거실에 전시까지 했다.

그것은 상대에 대한 증오, 혹은 복수를 의미한다.

'흡혈귀가 유진 형을 증오한다?'

그러나 강유진에게는 대적할 수 없다.

그렇다면?

"임 박사님은 유진 형과 함께 움직이고 있고…… 하연이는 지금 어디에 있죠?"

안상혁의 물음에 박세기가 주위를 힐끗 둘러보며 답했다.

"조금 전에 또래 아이들과 학교 건물로 가는 것 같았습니다."

"학교라면 식당 오른편의 그 콘센트 막사 말입니까?"

"그런 것 같습니다. 왜요?"

"경비 대장님이 하연이의 경호를 좀 맡아 줬으면 합니다."

"무슨 일이라도?"

안상혁이 먹기에 여념이 없는 불청객들을 보며 말했다.

"저들 중에 도시락이 있다면, 기지에 흡혈귀들이 왔었다는 거겠죠? 흡혈귀들은 유진 형에게 타격을 주려고 합니다. 하지만 유진 형에게는 대적할 수 없으니……. 혈육이나 아주 특별한 지인을 목표로 할 가능성이 크다고 봅니다. 김소영 씨의 경우가 그에 해당되겠죠."

"헉! 알겠습니다."

박세기는 즉시 경비 대원 셋과 함께 연병장을 가로질렀다.

*　　　*　　　*

장우석은 높이 솟은 경비초소에서 연병장을 내려다보고 있었다.

한쪽 발은 이미 시체로 변한 두 명의 경비 대원을 지그시 밟고 있다.

그는 마치 게임을 하듯 발전시설이 있는 건물과 임시학교, 그리고 연병장을 차례로 둘러보았다.

무장 병력이 연병장을 달려가는 게 보인다.

이제야 이상하다고 느낀 모양이다.

하지만 늦었다.

학교에는 이미 세 명이나 되는 신인류가 포진되어 있다.

"학교는 시작일 뿐이야. 본 경기는 임지연이지. 강유진, 딸을 잃고 날뛰어 봐라. 그러는 동안 임지연이 다시 내손에 들어올 테니까."

처음 임지연을 고문하던 날이 떠오른다.

그러고 보면 임지연과는 질긴 인연이라는 생각이 든다.

장 테스카틀이라는 이름으로 그녀를 납치해 전기 고문을 했었다.

"이번에는 반드시 죽여주마."

중얼거리던 장우석이 가볍게 발을 굴렀다.

쿵쿵쿵.

초소 아래에 은신해 있던 열 명의 신인류가 느긋하게 몸을 일으켰다.

그리고 곧바로 연병장을 향해 걸어갔다.

그들의 목적은 연병장에 있는 사람들을 모두 죽이는 것이었다.

연병장에 도착하자마자 살육이 시작됐다.

"컥!"

목이 부러진 경비 대원 하나가 쓰러졌다.

화들짝 놀란 경비 대원들이 살인자를 향해 총구를 돌렸다.

그러나 흡혈귀는 어느새 그들의 시야에서 사라진 뒤였다.

뒤늦게 누군가의 입에서 비명이 터져 나왔다.

"흡혈귀다!"

다시 두 사람의 경비 대원 목이 부러졌다.

그중 한 사람이 죽음 직전에 방아쇠를 당겼다.

탕.

그 한 발의 총성을 시작으로 연병장은 피로 얼룩지기 시작했다.

그런 일대 혼란의 와중에도 도시락들은 움직이지 않았다.

흡혈귀들은 공포에 사로잡혀 달아나는 인간들만 잡아 죽였다.

사실 아무리 흡혈귀라고 해도 이런 혼란 속에서 인간과 도시락을 구별할 수는 없다.

하지만 도시락은 흡혈귀가 등장한 순간부터 얼어붙었다.

그들의 핏속에 흡혈귀가 주인으로 각인되어 있었기에 저항하지 않는 것이다.

덕분에 흡혈귀들은 손쉽게 인간만 골라 사냥할 수 있었다.

"아악!"

"살려 주세요!"

연병장은 단숨에 아비규환으로 빠져 들어갔다.

사람들은 메뚜기 떼처럼 사방으로 흩어졌다.

그들의 뒤를 흡혈귀들이 집요하게 따라붙었다.

연병장은 새빨간 피로 물들어 갔다.

살육은 한동안 지속됐다.

곧이어 연병장이 적막해졌다.

더 이상 아무도 비명을 지르지 않았다.

산 자는 흡혈귀의 눈이 닿지 않는 곳으로 달아나고, 도시락만 남았다.

흡혈귀들은 침묵하는 도시락 사이로 섞여 들어갔다.

*　　*　　*

탕.

멀리서 총소리가 나자 임지연은 손을 멈췄다.

곧이어 강유진이 뛰어들어 왔다.

“연병장 쪽에서 사고가 난 모양입니다.”

“빨리 가 보세요.”

임지연은 불청객들과 시비가 붙었다고 생각했다.

이미 경비 대원들이 부대 안의 조사를 마친 뒤니 다른 이유는 없었다.

그건 강유진도 마찬가지였다.

“혹시 모르니까 여기서 나가지 마세요. 금방 돌아보고 올게요.”

약간 소란이 난다해도 발전시설 안에 있으면 안전할 것이다.

“네, 빨리 와주세요.”

한쪽에서 시설을 점검하던 김미연이 걱정 말라는 듯 소리쳤다.

“강 선생님, 임 박사님은 제가 확실히 지켜드리겠습니다!”

“오래 걸리지 않을 겁니다.”

말과 함께 강유진이 밖으로 나갔다.

임지연은 다시 발전기를 손보려고 했다.

그러나 그럴 수 없었다.

사람들의 비명 소리가 점점 더 커지는 것 같았다.

결국 임지연과 김미연은 하던 일을 멈추었다.

임지연이 불안해하자 김미연이 건물의 출입문을 잠갔다.

"임 박사님, 아무래도 불청객들이 폭동이라도 일으킨 모양이에요. 이렇게 해두면 아무도 들어오지 못할 테니까 너무 걱정하지 마세요."

그 소리가 끝나기 무섭게 "쾅!" 소리와 함께 문짝이 떨어져 나갔다.

김미연이 재빨리 권총을 꺼내 쏘았다.

탕. 탕. 탕.

그러나 아무도 없었다.

김미연은 조심스럽게 입구로 다가갔다.

그리고 막 밖으로 고개를 내민 순간이다.

누군가의 우악스러운 손이 김미연의 목덜미를 움켜잡았다.

놀란 김미연이 눈을 부릅뜨고 상대를 바라보았다.

그게 마지막이었다.

장우석이 손에 힘을 주자 김미연의 목뼈가 맥없이 부러졌다.

장우석은 축 늘어진 김미연의 시체를 임지연의 앞으로 집어던졌다.

"아악! 미연 씨! 미연 씨!"

임지연이 김미연의 상체를 부둥켜안고 비명을 질렀다.

그런 임지연을 보며 장우석이 뒤틀린 웃음을 흘렸다.

"크흐흐! 임 박사 오랜만이야. 그동안 잘 지냈지?"

임지연이 고개를 돌렸다.

"다, 당신은……."

공포에 사로잡힌 임지연은 덜덜 떨었다.

전기 고문을 당하던 때의 일이 선명하게 떠올랐다.

자신의 핏물 속에 던져졌던 가족들의 사진.

강유진이 아니었으면 그날 죽었을 것이다.

"세계가 멸망한 지금도 필요한 게 있나요? 대체 나에게 왜 이러는 거예요!"

임지연이 악에 받친 듯 소리쳤다.

"네가 나에게 줄 게 하나가 남았거든."

"그게 대체 뭔가요!"

장우석이 유령처럼 임지연의 곁으로 다가갔다.

그리고 임지연의 귓가에 속삭였다.

"너의 죽음."

말과 함께 장우석이 임지연을 일으켜 세웠다.

임지연이 끌려가지 않으려고 버둥거렸다.

장우석이 차갑게 말했다.

"자꾸 귀찮게 힘을 쓰면 지금 죽이겠다. 강유진의 앞까지 살아서 가고 싶으냐? 지금 죽여줄까?"

그제야 임지연은 몸에서 힘을 뺐다.

강유진의 앞에만 가면 된다. 반드시 그가 구해 줄 것이다.

임지연은 강유진이 없는 곳에서 허망하게 죽고 싶지 않았다.

"잘 생각했어. 너를 구해 줄 수 있는 사람은 강유진 밖에 없을 테니까."

장우석은 임지연을 어깨에 둘러메고 밖으로 걸어 나갔다.

*　　*　　*

연병장으로 달려간 강유진이 발견한 것은 시체들과 기묘한 침묵이었다.

강유진이 멈춰 섰다.

눈에 익은 상체가 보였다.

얼굴이 반대편을 돌아가 있어 당장 확인할 수는 없었지만, 그는 안상혁이었다.

순간 그를 만나던 날의 기억이 스치고 지나갔다.

박물관에서 이민호의 총상을 치료하던 순간만큼은 그도 의사였다. 확실히 그때의 그는 자경단이니 혁명군이니 하는 것들에서 초월한 표정이었다.

"그 좋은 기술을 두고 왜 사람 죽이는 일에 앞장서고 있는 거지?"

안상혁이 부지런히 손을 놀리며 답했다.

"문명이 재건된다면, 그때에는 사람이 사람답게 살 수 있는 좋은 세상을 만들고 싶었소."

"좋은 세상을 만들기 위해 살육을 한다?"

"살육이 아니라 혁명을 위한 피치 못할 희생이오."

"좋은 세상은 어떤 세상인데?"

"사람이 사람답게 살 수 있는……."

"같은 말 반복하지 말고 설명을 잘해 봐. 그런 세상이 어딘데? 역사 속의 어느 나라라고 콕 찍어 말해 보라고. 니들이 닮고 싶은 나라가 있었을 거 아냐?"

"……."

그때 안상혁은 쉽게 답하지 못했다.

"한때 시민권자의 낙원이었다는 미국? 아니면 사회복지가 잘됐다는 스웨덴? 캐나다? 그것도 아니라면 혹시 국민 삶의 만족도가 1위였다는 호주를 말하는 거야?"

"…… 당신과는 사상논쟁을 하고 싶지 않소. 수술에 집중하게 해 주시오."

안상혁은 남한 내부에서 자생한 공산주의자였다.

그는 인간의 타락한 본성을 간과하고 공산주의가 홍익인간의 정신에 맞다고 믿었다.

그러던 그가 자신을 따라왔다.

왜냐고 물으니 "강 선생님의 능력이라면, 더 큰일을 할 수 있을 테니까요."라고 답했다.

그의 호칭에 대해 딱히 제동을 걸지 않았다. 이미 국정원에서 선생님이라고 불린 과거가 있기에 그리 낯설게 느껴지지도 않았다.

"하하! 아직도 큰일에 미련이 남았냐?"

"아니요. 다른 의미의 큰일입니다."

"어떤 의미?"

"그건 아직 저도 확실히 모르겠습니다만, 제가 하던 일과는 분명히 다른 것이라고 느끼고 있습니다."

"다행이군. 나는 종교와 이념을 기준으로 무리 짓는 인간들을 제일 혐오하거든."

"하지만 그 둘은 인간 본성에서 나온 것이기도 하지 않습니까? 사람들은 언제나 의지할 곳을 찾고, 또 옳고 그른 것을 정의

하려고 하니까요."

"그래, 그래서 때로는 인간이 싫어져."

그의 표정이 어두워졌다. 문득 그가 왜 의사가 됐는지 궁금했다.

"그건 그렇고 너는 왜 의사가 됐던 거야? 수술하는 솜씨를 보니 신분을 위장하기 위해 선택한 것 같지는 않던데."

"…… 다른 사람에게 도움이 되고 싶었습니다. 그게 제 적성에도 맞는 것 같았고요."

"그 마음 다시 변하지 마라."

"예……."

그 뒤로 그는 자신에게 꼭 필요한 사람이 되었다. 그래서 그를 믿고 정착지의 운영까지 맡겼던 것이다. 그랬던 그가 처참하게 죽어 있다.

가장 순수한 인간이 가장 비참한 모습으로 죽은 것이다.

강유진은 안상혁의 부릅떠진 눈을 감겨 주었다.

머릿속이 하얗게 비워지는 느낌이다.

심장이 두근거리며 아무 생각도 나지 않았다.

전처가 죽었을 때보다 더한 분노가 몸을 휘감아 왔다.

"누구냐?"

강유진이 사람들을 둘러보았다.

아무도 나서지 않았다. 시간을 끌고 있는 것이다.

강유진은 시체들을 다시 살폈다.

모두가 목이 부러져 있다.

손으로 죽였다는 뜻이다.

'흡혈귀구나!'

강유진은 뒤통수를 맞은 느낌이었다.

학교 건물에서 학생들의 비명이 들려왔다.

"하연아!"

몸을 돌린 강유진에게 열 명의 흡혈귀가 달려들었다.

그들은 어쩌면 이 기회에 강유진을 죽을 수 있을지 모른다고 생각했다.

두려웠지만 클라우드는 이를 악물었다.

확실히 강유진은 흐트러진 모습이었다.

여기까지는 회장의 예측대로다.

회장은 "가까이 접근해서 그를 잡기만 하면 죽일 수 있다"고 했다.

클라우드와 세 사람의 흡혈귀는 탄환처럼 날아가 강유진의 팔과 다리를 잡았다.

그리고 젖 먹던 힘을 다해 뽑았다.

“씨바알!”

“죽어!”

하지만 강유진은 요지부동이다.

아니, 오히려 팔다리를 휘둘러 흡혈귀들을 내던져 버렸다.

클라우드의 입에서 저도 모르게 비명이 흘러나왔다.

“홀리 쉣(Holy shit)!”

회장에게 속았다는 느낌이다.

강유진의 차가운 시선이 날아가는 흡혈귀들에게로 향했다.

순간 흡혈귀들의 몸이 허공에 정지하는가 싶더니, 펑 소리와 함께 폭발해 버렸다.

후두둑.

기묘한 소리와 함께 살과 피가 사방으로 튀었다.

공포에 사로잡힌 흡혈귀들은 급히 몸을 돌렸다.

담을 넘어 달아나려는 것이다.

그들에게 내려진 지시는 “강유진을 연병장으로 유인하라”는 것이었다.

애초에 요행을 바라고 덤벼든 게 잘못이다.

흡혈귀들은 뒤를 돌아보지 않고 허공으로 몸을 날렸다.

그들의 몸이 막 담장 위를 지나는 때다.

“라쉬프!”

강유진의 외침과 함께 불덩어리가 떨어져 내렸다.

불꽃이 몸에 닿자 흡혈귀들은 괴성과 함께 재로 변해 사라졌다.

"크아아악!"

"캬악!"

강유진은 바람처럼 학교로 달려갔다.

학교로 사용하던 콘센트 막사의 문은 활짝 열려 있었다.

강유진은 성큼성큼 안으로 들어갔다.

막사 안쪽에 세 사람이 서 있다.

성인 남녀와 어린아이 하나.

강유진이 들어가자 세 사람이 고개를 돌렸다.

성인 남자, 알렉스가 놀란 얼굴로 소리쳤다.

"이런, 그가 왔다. 소피아 너 때문에 늦었잖아. 우리는 빠져 나갔어야 해."

소피아가 어깨를 으쓱해 보이며 말했다.

"알렉스, 누가 뭐래도 제니를 두고 갈 수는 없어. 그리고 아직 늦지 않았을 거야. 제니가 그 애를 데리고 있잖아. 저 사람도 함부로 움직이지 않을 거야."

불만이 가득한 얼굴로 얼굴을 실룩거리던 알렉스가 강유진에게 말했다.

"당신의 딸은 제니가 데리고 있어. 나는 이 일에서 손을 뗄 거야. 괜찮겠지?"

강유진은 대답하지 않았다.

그가 무슨 말을 하는지 귀에 들어오지도 않았다.

강유진의 시선은 여자아이가 잡고 있는 하연이에게로 향해 있었다.

알렉스는 슬금슬금 입구로 이동했다.

입구를 벗어난 알렉스는 전력으로 달렸다.

"오오! 다들 미친 거야! 그의 손에서 살아남을 수 없다고!"

도망가는 알렉스를 보며 소피아가 냉소를 쳤다.

"흥! 겁쟁이……."

연병장을 가로지르던 알렉스의 눈에 금발머리가 들어왔다.

'헉!'

아시아를 관리하던 클라우드였다.

눈치 빠른 그가 왜 여기에 죽어 있는지는 모르지만, 동정할 시간이 없었다.

알렉스는 단숨에 담을 넘어 멀리 사라졌다.

* * *

소피아가 제니의 앞을 막아섰다.

“움직이지 마! 당신의 딸을…… 끅!”

소피아의 말은 이어지지 못했다.

강유진과 눈이 마주친 순간 소피아의 목은 완전히 뒤로 돌아갔다.

소피아의 몸이 천천히 무너져 내렸다.

그런 소피아를 제니가 무심한 눈으로 바라보았다.

강유진이 눈을 찡그렸다.

하연이를 안고 있는 여자아이의 얼굴이 낯익었다.

제니가 천진난만한 눈으로 강유진을 마주 보았다.

“아저씨, 저 제니예요.”

“누구냐 넌.”

“하연이 친구요.”

그제야 강유진은 제니가 누군지 기억해 냈다.

강남에 살던 무렵 하연이와 싸웠던 김지원의 딸이다.

“너도 흡혈귀가 되었느냐?”

“왜요?”

강유진은 선뜻 대답하지 못했다.

지금까지 흡혈귀들을 인류의 적이라 생각하여 가차 없이 죽였다.

그런데 지금 망설여진다.

상대가 단지 딸과 같은 또래의 여자아이라서가 아니다. 이질적인 기운이 파고들어 자꾸 생각과 다른 행동을 하게 한다.

급한 마음과 달리 계속 아이의 말상대를 하고 있는 것도 그런 이유에서다.

제니의 하얀 얼굴에 미소가 떠올랐다.

무서운 하연이의 아빠도 사람이라는 게 신기했다.

자신의 능력은 상대방이 자신을 좋아하게 만드는 것이다. 일단 마음이 통하면 상대는 자신이 시키는 일을 거절하지 못했다. 자신이 시키면 죽는 것조차도 마다하지 않았다. 그들은 피부 껍질이 벗겨져 피를 철철 흘리면서도 기뻐했다.

제니는 흔들리는 강유진을 보며 조금 더 욕심을 내보기로 했다.

"저는 아빠가 필요해요."

"네 부모는 어디에 있느냐?"

"모두 죽었어요. 그래서 아저씨 같은 아빠가 있으면 좋겠어요."

"너는……."

강유진이 하연이와 제니를 번갈아 바라보았다.

알 수 없는 감정이 가슴을 관통했다.

강유진은 가벼운 현기증을 느끼고 머리를 흔들었다.

순간 물의 정령 아이엔이 강유진의 머리 위에 나타났다.

아이엔의 두 팔이 강유진을 감싸 안았다.

쏴아아.

강유진은 청명한 파도 소리를 들었다.

두통이 말끔히 사라졌다.

"미안하지만 나는 흡혈귀의 아빠가 되어줄 생각이 없다."

"……."

제니가 표독스러운 눈으로 강유진을 노려보았다.

"하연이 때문이죠? 이 애가 없으면 나는 아저씨 딸이 될 수 있겠죠?"

그 말과 함께 제니의 작은 손이 하연이의 가슴을 꿰뚫었다.

하연의 상체가 펄떡거렸다.

그 모든 일이 한순간에 일어났다.

미처 어떻게 해볼 틈도 없었다.

"안 돼!"

죽어가는 하연이를 보며 강유진이 절규했다.

동시에 거대한 힘이 제니의 몸을 후려쳤다.

제니의 작은 몸이 트럭에 받히기라도 한 것처럼 뒤로 날아갔다.

쿵.

제니의 몸이 철판에 박혀 둔탁한 소리를 냈다.

강유진은 덜덜 떨리는 손으로 딸의 몸을 안아 들었다.

"하연아! 하연아!"

그러나 숨이 멎은 딸은 대답하지 않았다.

"으아아! 왜! 왜 그랬어!"

절규하던 강유진이 제니에게 고개를 돌렸다.

축 늘어진 제니의 입에서 희미한 소리가 흘러나왔다.

"엄마, 엄마……."

강유진은 그제야 제니가 아직 어린아이라는 것을 알았다.

인정하고 싶지 않지만 저 흡혈귀는 딸과 같은 나이였다.

생각의 미숙함과 이기적인 욕심, 잔혹함, 그 모든 것이 어린아이의 수준일 뿐이다.

어린아이에게 지나친 힘이 주어진 거다.

그래서 이런 일이 생긴 것이다.

"으흐흑! 이게 뭐냐고……."

딸의 시신을 안고 망연자실하게 서 있는 강유진의 귓가에 탁한 남자의 음성이 들려 왔다.

"아직 끝나지 않았다."

강유진이 돌아섰다.

울고 있는 임지연이 보였다.

그녀의 어깨에 한쪽 손을 걸치고 있는 남자는 장우석이었다.

강유진이 이를 갈며 장우석을 노려보았다.

역시나 마신 세티쉬 카르나크는 살아 있었다.

"죽인다."

강유진은 마신이 임지연에게 손을 쓰기 전에 죽이려고 했다.

막 강유진이 정령의 힘을 발동하려는 순간이다.

장우석이 태연하게 말했다.

"나를 죽이면 여자도 죽어."

강유진은 움직이지 않았다.

장우석은 분명히 "죽이면 죽는다"고 했다.

장우석의 죽음과 임지연의 목숨이 관계가 되었다는 뜻이다.

"무슨 짓을 한 거냐?"

강유진은 이를 악물고 분노를 참았다.

안고 있는 딸의 몸이 서서히 굳어 오는 게 느껴진다.

"너도 알고 있을 텐데. 피의 저주다."

순간 강유진의 시선이 임지연의 목덜미로 향했다.

장우석이 잘 보라는 듯 임지연의 상의를 젖혔다.

목덜미에, 마치 독사에게 물린 듯한, 선명한 송곳니 자국이 나 있다.

그녀가 숨을 쉴 때마다 검붉은 두 개의 구멍이 살아 있는 생물인양 꿈틀거렸다.

강유진의 얼굴이 절망으로 물들어 갔다.

‘아아!’

장우석이 임지연을 흡혈귀로 만든 것이다.

강유진은 더 이상 아무것도 생각할 수 없었다.

제6화

인간은 생각하는 갈대다

장우석은 딸의 시체를 안고 비통해하는 강유진을 보며 환하게 웃었다. 지금까지의 모든 고통에 대한 보상을 받은 기분이다.

"보다시피 네 여자와 나는 이어졌다. 내가 죽으면 여자도 죽어. 어때? 간단하지?"

강유진은 그제야 임지연이 울고 있는 이유를 알 것 같았다.

분노가 극에 이르자 도리어 마음이 가라앉았다.

"복수냐? 내가 루인족을 멸망시켜서?"

"글쎄, 솔직히 루인족 따위는 관심이 없어. 나는 마신이니까."

"그런데 왜 이렇게까지 하는 거냐?"

"왜냐고?"

장우석이 임지연을 품에서 떼어 놓았다.

풀려난 임지연이 비칠거리는 걸음으로 강유진을 향해 걸어갔다.

“들어는 봤을 거야. ‘인간은 자연에서 가장 약한 한줄기 갈대에 불과한 존재다. 그러나 생각하는 갈대다’ 파스칼의 팡세에 나오는 말이지. 마신조차도 인간의 생각에 잠식당했다면 믿겠나? 나는 이제 내가 마신인지, 장우석인지 모를 정도야.”

“설마 이 모든 짓이 장우석의 복수라는 소리냐?”

“그래, 너는 이 몸뚱이의 주인인 장우석이 가장 사랑한 사람을 죽였어. 말하자면 장우석의 우주를 파괴한 셈이지. 그 절망이 마신인 나의 생각까지도 잡아먹었다. 지금 네가 느끼는 절망은 오래 전에 내가 느낀 것들이다. 어때? 괜찮으냐?”

“…….”

강유진은 아무런 말도 할 수 없었다.

그러는 동안 임지연이 강유진의 앞에 도달했다.

임지연이 천천히 손을 뻗어 강유진의 얼굴을 더듬었다.

임지연의 눈에서 눈물이 흘러내렸다.

이제는 저 장우석이 세상의 모든 흡혈귀를 만들었다는 걸 안다.

인류를 위해서라도 장우석은 사라져야 했다.

아니 하연이의 복수를 위해서라도 반드시 그래야한다.

"하연아……."

임지연은 하연이의 긴 머리를 부드럽게 쓰다듬었다.

금방이라도 하연이가 고개를 들고 방긋 웃어 줄 것 같았다.

'헉!'

하연이의 피가 손에 닿자 심장이 찌르르 떨렸다.

그제야 임지연은 흡혈귀가 어떤 존재인지를 새삼 깨달았다.

흡혈귀는 인간이 아니다.

사랑하는 사람의 피에도 가슴이 두근거린다.

시간이 지날수록 이 증상은 더 심해질 것이다.

임지연이 강유진에게 속삭였다.

"그를 죽여주세요."

강유진은 고개를 저었다.

"제발, 나를 위해서라도…… 그를 죽여주세요."

그러나 강유진은 차마 그렇게 하겠노라고 할 수 없었다.

장우석이 키득거리며 말했다.

"푸흐흐! 그 여자를 진즉에 신인류로 만들어 줄 걸 그랬어. 나는 네가 인간의 모든 것을 초월한 줄 알고 있었거든. 그런데 그렇지만도 않았던 모양이야? 너도 인간의 생각에 잠식당한 건가?"

빠드득.

강유진은 이를 갈았다.

장우석을 죽여야 하고, 누구보다 죽이고 싶었지만, 임지연이 걸렸다.

그녀는 자신의 목숨보다 소중한 존재다.

만약 자신이 죽고 그녀가 사는 길이 있다면, 죽어 줄 수 있다.

더구나 하연이 마저 죽은 지금, 그녀는 인간 전체의 목숨보다 더 소중했다.

그런 그녀를 흡혈귀로 만들다니?

심장이 터질 것처럼 아팠다.

당장 달려가 장우석을 처참하게 죽이고 싶다.

하연이와 전처의 복수를 위해서라도 그래야 하는데, 그럴 수 없는 게 한스러울 뿐이다.

임지연의 입에서 한숨이 흘러나왔다.

역시나 강유진은 마신을 죽이지 못했다.

마신에게 물릴 때부터 그러리라고 생각했었다.

그렇다면 자신이 끝내야 한다.

가만히 주변을 살피던 임지연의 눈에 박세기의 시체가 보였다.

원통한 듯 두 눈을 부릅뜨고 죽은 그의 손에 권총이 쥐어져 있었다.

임지연은 강유진과 장우석이 눈싸움을 하는 동안 박세기의 곁으로 다가갔다.

그리고 그의 손에서 권총을 빼 들고 돌아섰다.

탕. 탕. 탕.

처음 한 발이 장우석의 심장을 관통했다.

권총의 반동도 느끼지 못할 정도로 강화된 신인류의 몸이 그걸 가능하게 한 것이다.

강유진에게 집중하느라 총탄을 피하지 못한 장우석이 어깨를 들썩이며 웃었다.

“크크　! 미치겠군. 마신의 최후치고는 너무 한심한 것 같은데…….”

그래도 장우석은 어딘지 모르게 만족한 표정이다.

저 강유진의 안절부절못하는 얼굴만 봐도 통쾌했다.

자신의 죽음은 피의 저주를 시작할 때 이미 예견된 것이었다.

흡혈귀를 만들어 내는데 마력을 다 쏟아 냈다. 한창때의 힘으로도 강유진을 당해 내지 못했다. 하물며 흡혈귀보다 조금 나은 수준으로는 말해서 무엇 할까!

장우석이 숨을 헐떡거리자 임지연도 픽 쓰러졌다.

“지연 씨!”

강유진이 하연을 내려놓고 임지연의 상체를 안아 일으켰다.

그러나 임지연은 장우석보다 더 큰 충격을 받았는지 의식조차 없었다.

“크크크크. 쿨럭!”

장우석의 입에서 검붉은 피가 솟구쳤다.

장우석은 사라져가는 생기를 최후의 마력으로 붙들었다.

“미친놈아! 전지전능한 마신이라면서! 한낱 사람의 생각을 이기지 못했냐! 그딴 놈의 복수 때문에 세상을 멸망시켜? 네가 그러고도 마신이냐! 이 벌레만도 못한 새끼야!”

강유진이 고래고래 소리를 질렀다.

순간 장우석의 얼굴에 가소롭다는 미소가 떠올랐다.

“크하하하! 너야말로 인간과 완전히 동화되었구나. 네가 한 일을 왜 나에게 뒤집어씌우는 거냐? 나는 너의 그림자에 불과하다는 걸 잊었느냐?”

“개소리 하지 마! 이 새끼야! 네놈이 어떻게 내 그림자야?”

“으흐흐…… 재밌군. 재밌어. 너는 엘을 만나 본 적이 없느냐?”

“있다! 새끼야!”

장우석이 쥐어짜듯 소리쳤다.

“너는 ‘엘의 적자(嫡子)’ 라크리마(Lacryma)다! 파괴와 창조의 신 엘의 적자 중의 적자! 그중에서도 너는 ‘에르 라크리마’ 다!”

“내가 ‘에르 라크리마’ 라는 건 알고 있다! 그게 네놈과 무슨 관계라고!”

"기가 막히는군."

장우석이 묘한 시선으로 강유진을 바라보았다.

그는 아직 자신이 벌인 일을 이해하지 못하는 것 같았다.

'엘의 눈물' 은 파괴신을 의미한다.

자신이 창조한 세상을 파괴하면서 눈물을 흘리는, 자신의 관점에서 볼 때는 '악어의 눈물' 이다.

죽음을 코앞에 둔 장우석이 가쁜 숨을 몰아쉬며 말했다.

"하아, 하아, 좋아, 네놈에게 지옥을 보여 주지."

"그냥 지옥에나 가라! 이 개자식아!"

강유진은 임지연에게 치료의 주문을 외웠다.

그러나 이미 흡혈귀가 된 임지연은 주문의 영향을 받지 않았다.

망연자실한 채 임지연을 바라보고 있는 강유진의 귓가로 장우석의 희미한 음성이 들려 왔다.

"…… 루인족이 멸망하던 때를 기억해라. 그 세계는 카론에 의해 멸망당했다."

"웃기지 마! 카론은 그런 짓을 하지 않았어!"

"아니, 그 세계는 카론이 상상한 그대로 멸망했다. 불과 지진과 홍수야말로 그 시대 대부분의 사람들이 상상하던 멸망의 모습이었지. 어리석은 카론도 그 범주를 벗어나지 못했다. 그럴 수밖에…… 다른 식으로의 멸망은 상상도 할 수 없는…… 그런 문명이었으니까."

"그게 무슨 개소리냐!"

강유진은 가슴이 철렁했다.

어쩐지 불길한 예감이 들기 시작했다.

더 이상 듣고 싶지 않았지만, 그의 입을 막지 않았다.

마신은 자신이 꿈속에서라도 상상하고 싶지 않은 뭔가를 말하려는 것 같았다.

'도대체 나는 뭘 떠올리고 싶지 않은 거지?'

장우석은 몇 번이나 숨을 몰아쉬었다.

"쿨럭, 쿨럭, 쿨럭……."

눈앞으로 어둠의 장막이 밀려왔다.

마력으로도 어쩔 수 없는 최후의 순간이 느껴진다.

"흐흐…… 21세기는 네놈의 상상대로 멸망하고 있다. 자연재해, 핵전쟁, 기상이변, 좀비, 흡혈귀……. 모두 네놈의 시대가 만들어 낸 종말의 모습이 아니냐? 네놈이 알고 있던 종말의 기대가 실현된 것뿐이다. 나조차도 네놈이 만들어 낸 존재란 말이다."

"거짓말 하지 마! 네놈은 악마야! 속지 않아!"

"네놈이 지구의 종말이 혜성과의 충돌 때문이라고 믿었다면…… 우리가 만날 일도 없었을 게다. 단번에 끝났을 테니까. 원망하려거든 내가 아니라 천박한 인간의 문명과 네놈의 머릿속을 원망해라. 흐흐, 가족과 지인이 처참하게 죽어서 슬프냐? 그것 역시 네놈이 가진 어두운 상상력의 한 부분에 불과하다. 이 모든 비극을 원한 건 바로 네놈이란 말이다. 파괴신 에르 라크리마여! 네놈이 만든 지옥을 감상하니 기분이 어떠냐?"

"……."

강유진은 아무런 말도 할 수 없었다.

잠시 후 임지연의 숨이 끊어졌다.

장우석과 함께 죽은 것이다.

강유진은 임지연과 하연의 시체를 CP로 옮겼다.

창밖으로 멍한 얼굴의 사람들이 오락가락하는 게 보였다.

마신 장우석이 죽은 뒤로 불청객들은 몽롱한 얼굴로 헤매고 다녔다.

신인류라 불리던 흡혈귀들의 죽임이 그들을 공황상태로 몰아간 것 같았다.

강유진은 CP에서 움직이지 않았다.

웬일인지 먹지 않아도 배가 고프지 않았다.

시간이 지나자 딸과 임지연의 시체가 부패하기 시작했다.

강유진은 어쩔 수 없이 두 사람을 화장시켰다.

손끝에서 나온 초고열이 둘의 몸을 단숨에 재로 만들었다.

곧이어 조심스럽게 재를 모아 두 개의 유리병에 담았다.

강유진은 유리병을 창가에 올려놓았다.

그리고 매일 아침 멍하니 바라보았다.

이 모든 게 자신이 원하던 거라니?

마신의 말을 이해할 수 없었다.

육 개월이 지났다.

연병장을 맴돌던 사람들은 좀비가 되었다.

모두가 그런 것은 아니다.

백여 명의 사람들이 좀비가 되기 전에 굶어 죽었다.

강유진은 창밖으로 어슬렁거리는 좀비들을 무심한 눈으로 바라보았다.

인간은 이대로 멸종할까?

아마 그럴지도 모른다.

강유진은 할 수 있다면 이 종말의 시계를 멈추고 싶었다.

그러나 방법을 모른다.

솔직히 한편으로는 알고 싶지도 않았다.

사랑하는 사람을 모두 잃었는데 그게 무슨 의미가 있다고?

강유진은 마신의 폭주를 이해했다.

그도 삶의 의미를 잃었기에 목숨을 담보로 '피의 저주'를 걸었던 것이리라.

다시 시간이 흘렀다.

규칙적으로 어슬렁거리던 좀비가 하나둘씩 모습을 보이지 않았다.

얼어 죽거나 떠난 것 같았다.

덕분에 연병장이 깨끗해졌다.

강유진은 날짜가 가는 것을 잊었다.

일어나서 창밖을 보다가 잠드는 게 하루 일과의 전부였다.

연병장에 눈이 차곡차곡 쌓여 마침내 3미터 높이의 CP 앞마당까지 치고 올라왔다.

지금까지는 CP앞의 눈을 바람으로 날려 버려 시야가 트였다.

하지만 앞으로가 고민이다.

창밖을 내다봐도 더 이상 보이는 게 없었다.

무려 3미터나 되는 눈이 모든 걸 덮어 버린 탓이다.

게다가 눈은 앞으로 더 쌓일 것이다.

지금쯤이면 세상도 눈에 푹 파묻혔으리라.

이런 기후에서는 아무리 생존력이 뛰어난 인간이라 해도 살아남지 못한다.

연병장의 눈이 올라오자 그때부터 강유진은 CP앞의 눈도 치우지 않았다.

눈이 CP를 덮어도 내버려 두었다.

그러던 어느 날 꿈을 꾸었다.

꿈속에서 강유진은 노신부를 만났다.

갑자기 노신부가 무릎을 꿇고 기도를 시작했다.

예수님과 성모님의 다정스러운 포옹 속에

마지막 숨을 거두신 오, 복되신 성 요셉,

저의 생애가 죽음으로 끝날 때

예수님과 성모님을 모시고 오셔서

저를 도와주소서.

저로 하여금 거룩하신 예수님과 성모님의 팔에 안기어

선종하는 은혜를 얻게 하소서.

오 거룩하신 하느님 아버지,

예수님과 성모님과 성 요셉,

저의 삶과 죽음이 거룩하신 당신 뜻에 있사오니

제 영혼을 당신께 맡기나이다.

성모님은 제 발을 붙드시고

수호천사는 제 몸을 호위하여 주시고

성 요셉은 저의 임종을 도와주소서.

우리 주 예수 그리스도의 이름으로 비나이다. 아멘.

노신부가 당황한 얼굴로 소리쳤다.

"오오! 하느님, 내가 지금 무슨 소리를 한 겁니까?"

강유진이 물었다.

"왜요? 뭐라고 하셨는데요?"

노신부가 강유진을 보며 중얼거렸다.

"너희가 신처럼 되리라……."

"신이라고요?"

노신부가 강유진의 손목을 잡았다.

"나는 보았습니다. 새 하늘과 새 땅을…… 창세기 3장 5절에 뱀이 아담과 하와에게 말했어요. '너희가 그것을 먹는 날에는 너희 눈이 밝아 하나님과 같이 되어 선악을 알 줄을 하나님이 아심이니라' 라고. 그 말은 너희가 신처럼 된다는 말입니다."

"……."

강유진은 큰 충격을 받았다.

그리고 눈을 번쩍 떴다.

창문으로 희미한 빛이 새어 들어오고 있다.

뭔가 알 듯 말 듯한 감정이 가슴을 채우고 있었다.

강유진은 창가로 걸어가 유리병을 매만졌다.

'노신부가 환상 중에 본 것은 무엇일까?'

그는 새 하늘과 새 땅이라고 했다.

'정말 뭔가를 본 걸까?'

어쩌면 성직자들의 상투적인 언어에 불과한 것일지도 모른다.

갑자기 강유진은 엘이 만나고 싶었다.

엘을 만나서 묻고 싶다.

정말 이 세계를 내가 파괴한 거냐고?

내가 바란 대로 이세계의 멸망이 이루어 진 거냐고?

그토록 끔찍한 상상이 내 머릿속에 들어 있던 게 맞느냐고?

'하지만 어떻게 엘을 만나지?'

처음 엘과 대면한 것은 자신이 혼수상태에 빠졌을 때다.

그때 엘은 '죽을 수도 있었다' 고 했다.

강유진은 책상 서랍을 열었다.

권총 한 정이 보였다.

임지연이 장우석을 쏜 바로 그 총이었다.

강유진은 총을 꺼내 매만지다가 총구를 머리에 대보았다.

엘을 만나기도 전에 자신의 숨이 끊어지면, 이대로 세상은 끝난다.

심장이나 팔다리에도 겨누어 보았다.

생각해 보니 마찬가지다.

출혈이 심해도 엘을 만나기 전에 사망할 수 있다.

결국 자해(自害)로는 엘을 만날 수가 없다.

서랍을 열어 총을 다시 넣었다.

답답했다.

멍하니 서랍을 바라보던 강유진은 문득 옛날 생각이 났다.

남산에서 미군의 미사일 공격으로 위험에 처했을 때, 루카가 공간의 문을 열었다.

그 속에서 지내던 날 루카에게 "이곳은 어디냐?"고 물은 적이 있다.

루카는 "깔깔" 웃다가 문(門)이라고 했다.

강유진은 다시 서랍을 열었다가 닫았다.

문이다.

힌두교에서 죽음은 다른 세계로 가는 문이다.

죽음은 육체적 제한을 뛰어넘어 영혼의 자유로운 세계로 가게 만들어 준다.

하지만 자신에게는 또 다른 문이 있다.

'루카!'

루카는 그 자신이 문이다.

죽음이 아니더라도 인간이 문으로 들어 갈 수 있는 것이다.

그 문이 어디로 연결되는지는 모른다.

루카와 함께 있을 때 그 끝으로 가려 하지 않았다.

그곳에서 몸을 치유하는데 힘을 쏟았다.

루카는 어떤 존재일까?

어쩌면 정말 신적인 존재일지도 모른다.

노신부는 자신을 가리켜 '신들과 함께하는 사람' 이라고 했다.

"루카!"

강유진은 루카를 불렀다.

눈앞의 공간이 일렁이는가 싶더니 소년이 걸어 나왔다.

루카였다.

강유진이 손을 내밀었다.

루카가 강유진의 손을 맞잡았다.

그리고 자신의 문 안쪽으로 강유진을 이끌고 들어갔다.

CP에서 강유진이 사라졌다.

* * *

그곳은 눈처럼 하얀 방이었다.

강유진은 마치 CP로 돌아온 것 같다는 생각을 했다.

그러나 창문도 없고, 유리병도 보이지 않았다.

CP가 아니다.

"루카, 여기는 어디지?"

루카는 대답 대신 뛰어다니기만 했다.

처음에는 작은 방이었던 그곳은 루카가 움직일 때마다 넓어졌다.

마치 우주가 스스로 확장하는 것처럼 그렇게 하얀 방은 커지고 있었다.

루카의 모습이 멀어져 보이지 않을 정도가 됐다.

강유진은 루카를 부르려다가 말았다.

작은방이었을 때보다 지금이 더 무엇인가를 찾기에 수월했다.

강유진은 루카가 간 길을 따라 걷기 시작했다.

시간이 흘렀다.

하루는 한 달이 되었고, 곧 헤아리지도 못할 만큼의 긴 날들이 지나갔다.

하얀 방은 이미 방이라고 할 수도 없을 정도로 넓었다.

그것은 하늘과 땅이 하얀 또 다른 세계였다.

길을 걷던 강유진은 몇 번이고 포기할 뻔했다.

루카도 보이지 않고, 다른 곳으로 가는 입구도 없다.

정신적으로 피로해진 강유진은 벌러덩 눕고 말았다.

분명히 등을 붙이고 누웠는데, 바닥과 하늘의 구별도 되지 않았다.

'나는 미친 건가?'

강유진은 자신에게 물었다.

그러나 자신이 답을 할 리가 없다.

급격하게 피로를 느낀 강유진은 눈을 감았다.

황홀할 정도로 기분이 좋다.

좋지 않은 기억이 지워지는 기분이다.

긴장이 풀리고, 몸이 아이스크림처럼 녹는 느낌이 든다.

실제로 강유진의 몸은 녹고 있었다.

등이 녹으면서 바닥과 몸이 하나로 이어졌다.

그리고 강유진의 몸은 하얀 세상에 서서히 잠식당했다.

마침내 얼굴만 겨우 남았을 그때다.

돌연 강유진이 눈을 떴다.

코앞에 한 여자의 얼굴이 보였다.

그토록 만나고 싶었던 엘이었다.

강유진의 입이 열렸다.

"나는 죽어가는 건가요?"

엘의 얼굴에 희미한 미소가 떠올랐다.

"아니에요. 나는 당신이 이대로 우리의 일부가 되기를 바랐어요. 그러나 결국 당신을 버리지 않는군요."

그제야 강유진은 아직 자신이 살아 있다는 것을 알았다.

묘한 안도감이 든다.

이제 와서 죽고 사는 게 뭐라고.

"당신은 정말 창조와 파괴의 신입니까?"

"그렇게 불린 적이 있어요."

엘을 보고 있으려니 과거의 일들이 새록새록 떠올랐다.

총에 저격당해서 죽어갈 때, 엘을 처음 만났다.

그날 엘에게 세상의 멸망에 대해 물었다.

하지만 엘은 끝내 말하지 않았다.

"왜 나에게 가르쳐 주지 않았습니까? 내 속에 있는 끔찍한 상상들과, 그것이 어떤 결과를 가져올 것인지에 대해서……."

"당신의 세계가 우리를 깨웠어요. 우리는 당신을 통해 세계를 파괴해야만 했죠. 그래야 다시 시작할 수 있으니까."

"나는, 나는 단지 파괴할 수밖에 없는 겁니까?"

마신은 자신에게 파괴신 에르 라크리마라고 했다.

만약 그것이 전부라면 정말 비참할 거라는 생각이 들었다.

"어두움이 있어야 밝음도 있어요. 동양철학으로 말하자면 음(陰)과 양(陽) 같은 거랍니다. 나만해도 창조와 파괴의 신이라고 불렸으니까요. 그렇듯이 당신도 단지 파괴신 만은 아니랍니다. 벌써 잊었나요? 당신은 엘의 의지. 창조와 파괴의 신입니다."

"나는 모든 걸 부수기만 했습니다. 아무것도 창조하지 못했어요."

엘이 웃었다.

"그건 당신의 마음이 어둠으로만 가득 찼었기 때문입니다. 하지만 당신에게는 밝음도 있어요."

"이젠 너무 늦지 않았나요?"

사랑하는 사람들이 다 죽었는데, 이제 와 밝음이 무슨 의미가 있다고?

"'늦었다고 생각할 때가 가장 빠른 때다' 라는 말도 있는걸요?"

"어떻게 그게 가능하죠?"

강유진의 심장이 뛰기 시작했다.

혈관을 따라 뜨거워진 피가 온몸을 돌았다.

근육이 다시 생기고 뼈가 자라났다.

몸이 무서운 속도로 재생되는가 싶더니, 마침내 등과 바닥이 분리되었다.

"잘했어요. 그렇게 하는 거예요."

"하지만 이건 겨우 나라고요. 내가 원하는 건 멸망한 세계를 구원하는 것입니다."

엘이 짤랑짤랑한 웃음을 터뜨렸다.

"호호! 아직 모르겠어요? 당신이 우주예요. 우주가 당신의 속에 있다고요. 당신의 몸이 씨앗이라면 세계는 열매가 되는 거죠. 당신의 몸에 새겨진 기억이 다른 기억을 끌어 모아 마침내 세계를 재구성할 수 있게 되는 거예요. 당신이 바라는 세계를 생각해 보세요."

강유진이 바라는 세계는 하나뿐이다.

그러나 그건 이미 이루어질 수 없는 꿈에 불과하다.

"그게 정말 가능한가요? 나는 작고 연약한 인간일 뿐인데……."

돌연 엘이 엄숙한 음성으로 말했다.

"너희가 신처럼 되리라."

"당신은…… 혹시……."

갑자기 엘이 급하게 서둘렀다.

"시간이 다 되었네요. 어서 이곳에서 나가세요. 문이 닫히면 언제 다시 열릴지 몰라요. 그럼 당신도 돌아가지 못해요."

하얀 세계가 급속도로 축소되기 시작했다.

마치 필름을 거꾸로 감듯, 멀리서 루카가 달려오고 있다.

루카의 뒤로 검은 공간이 밀물처럼 밀려왔다.

이번에는 검은 공간이 하얀 방을 집어삼키고 있었다.

당황한 강유진이 어쩔 줄 모르고 있을 때다.

바로 옆까지 달려온 루카가 강유진의 손을 잡았다.

하얀 방 한가운데 조그만 문이 생겼다.

강유진은 아쉬움의 눈으로 엘을 바라보았다.

아직 묻고 싶은 게 많았다.

바깥세상이 어떻게 변했는지, 그리고 자신은 어떻게 살아야 하는지…….

검은 공간이 파도처럼 하얀 방을 덮쳤다.

순간 루카가 문을 열고 강유진을 밖으로 밀어냈다.

그때 강유진은 엘의 음성을 들었다.

"열심히. 최선을 다해서."

쾅.

문이 닫혔다.

강유진은 가슴이 먹먹했다.

갑자기 눈물이 쏟아져 내렸다.

형언할 수 없는 상실감이 밀려들었다.

딸과 임지연의 죽음을 지켜볼 때의 슬픔이 되살아났다.

결국 강유진은 대성통곡을 하고 말았다.

"으흐흐흑! 흑흑!"

눈물이 볼을 타고 귓속으로까지 흘러들었다.

그제야 강유진은 뭔가 이상함을 느꼈다.

분명히 서 있었는데, 눈물이 볼을 타고 귀로 스며든 것이다.

눈을 떴다.

칠흑처럼 검은 어둠이 눈에 들어왔다.

다시 CP로 돌아온 것일까?

그렇다고 생각하니 우울했다.

혼자 남겨진 세상에서 버틸 자신이 없었다.

자신의 어두운 생각에 파괴당한 세계를 바라볼 용기가 나지 않았다.

'응?'

베개의 감촉이 이상하다.

이건 CP에서 사용하던 헝겊뭉치가 아니다.

은은한 편백나무 향기가 콧속으로 밀려들었다.

강유진은 자리에서 벌떡 일어섰다.

커다란 창문으로 스며든 달빛에 방 안의 정경이 드러났다.

책상은 물론 옷장까지 보인다.

'헉! 이건 총각 때 내가 사용하던 방인데?'

강유진은 벽을 더듬었다.

너무 오래전의 일이라 스위치의 위치도 잘 기억이 나지 않았다.

탁.

스위치가 올라가자 방 안이 갑자기 밝아졌다.

갑작스러운 빛에 눈알이 욱신거렸다.

몇 번이고 눈을 깜빡이던 강유진은 조심스럽게 주위를 살폈다.

책상 정중앙에 보란 듯이 뭔가 놓여 있다.

떨리는 손으로 그것을 집어 들었다.

'입사지원서?'

회사의 이름을 확인하니 대성그룹이다.

잘 다니던 중소기업이 부도가 나서 2년간 쉬다가, 25살에 대성그룹에 입사지원서를 냈었다.

'그렇다면 지금이 그때란 말인가?'

CP는?

딸과 임지연의 뼛가루가 든 병은?

자신이 멸망시킨 세계는?

망연자실한 얼굴로 서 있던 강유진은 창가로 다가갔다.

창문을 열자 시원한 바람이 방 안으로 훅 하고 밀려들었다.

곧이어 불야성 같은 도시가 눈에 들어왔다.

저건 폭격도, 전쟁도 겪지 않은 서울이다.

'내가 이 세계를 원했던가?'

달라진 거라고는 시간 밖에 없다.

25살의 자신에게 대체 어떤 일이 있었다고?

고개를 갸웃 거리던 강유진은 다시 창문을 닫았다.

"루카."

정령의 이름을 불러보았다.

그러나 아무런 일도 일어나지 않았다.

문득 자신이 바보 같다는 생각이 든다.

'꿈인가?'

이게 꿈이라면 정말 실감나는 꿈이다.

강유진은 '차라리 꿈이면 좋겠다' 고 생각했다.

그럼 전처와 딸과 임지연이 비참하게 죽지 않은 거니까.

제7화

세계 경제 전망을 말해 보세요

날이 밝았다.

거실로 나와서야 강유진은 자신이 지금 어디에 있는지 확실히 알 수 있었다.

자신이 선 곳은 부모님과 살던 성북동의 빌라였다.

마루 한쪽 벽에 부모님과 찍은 가족사진이 걸려 있었다.

결혼하면서 짐 속에 넣어 두고 꺼내지 않았는데, 다시 보니 가슴이 저렸다.

직장 생활과 연애와 결혼에 쫓기다 보니 부모님을 잊었다.

"하아! 내가 나쁜 놈이지……."

돌이켜 보니 현실을 핑계로 몹쓸 짓을 했다.

강유진은 가만히 다가가 조금 기울어진 듯한 액자를 바로 세웠다.

3년간의 투병생활 끝에 죽은 아버지는 사진 속에서 건강하게 웃고 있었다.

아버지를 먼저 보낸 후 울산으로 내려가 홀로 고적하게 지내다가, 겨우 1년 만에 아버지의 뒤를 따라간 어머니도 사진 속에서는 환한 얼굴이다.

그렇게 어머니가 일찍 돌아가실 줄 알았다면, 자신도 울산으로 따라갔을 것이다.

어머니는 2년 전인 1998년에 사망했다.

'2년만 일찍 왔으면 어머니를 모실 수 있었을 텐데…….'

강유진은 자신을 책망했다.

하지만 그때는 또 아버지를 만나기 위해 3년 더 일찍 올걸 하며 후회했을 것이다.

"껄, 껄, 껄 하다가 죽는다더니."

잘되든 못되든 인생은 후회의 연속인 것 같다.

강유진은 마음을 다잡았다.

이미 자신은 2000년인 25세로 다시 편입됐다.

우주를 재구성한 것까지는 알겠는데, 왜 하필 2000년인지는 모른다.

자신의 마음이 이 시기를 원했기 때문이리라.

생각해 보니 올해 다시 취직하고, 김소영을 만나 사랑에 빠졌다.

젊은 시절의 김소영에게는 약간의 허영심이 있었던 것 같다.

과거의 자신은 거기까지는 느끼지 못했다.

그저 김소영이 원하는 것을 다 들어주고 싶었을 뿐이다.

'서로에게 독이 되는 줄도 모르고…….'

강유진의 입에서 가벼운 한숨이 흘러나왔다.

오랜만에 아침 준비를 하려니 기분이 이상했다.

전투식량이나 죽을 배식 받아 살다가 제 손으로 뭔가를 해 먹으려니 어색하다.

다행히 전기밥통에는 밥이 절반쯤 남아 있었다.

냉장고를 뒤져 반찬을 꺼내고 식탁 의자에 앉았다.

식탁 한쪽에 참치 통조림이 가득 쌓여 있다.

강유진은 실소를 흘리며 그중 하나를 집어 들었다.

이혼당하고 고시원에 있을 때 질리도록 먹었는데, 또 손이 간다.

아무래도 눈에 보이면 뜯어먹는 습관이 생겼나 보다.

"이거 많이 먹으면 몸에 수은이 쌓인다던데……."

그러면서도 강유진은 통조림을 열어 밥그릇 옆에 줄맞춰 놓았다.

혼자였지만 식사하는 내내 감동을 받았다.

전투식량과 죽에 비할 게 아니었다.

식사 후에는 믹스 커피까지 한잔 타서 마셨다.

설거지까지 마치고 시계를 보니 이제 9시다.

서류에 적혀 있는 면접시간은 오후 2시.

대성그룹까지 넉넉잡고 1시간이면 되니 시간은 널널하다.

거실 소파에 앉아 있으려니 온갖 생각이 다 든다.

'그런데 나는 어떻게 대성그룹에 취직한 거지?'

대성그룹의 대기업이다.

자신은 서울에 있는 남들이 말하는 3류 대학을 졸업했다.

딱히 내세울 만한 스펙도 없다.

강유진은 대성그룹에 취직한 자신이 신기하고 대견했다.

'그때 면접관이 뭘 물었었는데…….'

곰곰 생각하니 "왜 대성그룹에 지원했느냐?"던 질문이 떠올랐다.

"내가 뭐라고 대답했더라?"

한참 생각하던 강유진은 인상을 찡그렸다.

기억이 나질 않았다.

자신을 대성그룹에 합격시킨 뭔가가 거기 있는데, 그게 뭔지 도통 모르겠다.

"에라! 어떻게든 되겠지."

시계를 보니 9시 30분.

고작 30분밖에 안 지났다.

면접을 앞에 두니 시간이 더 안 가는 것 같다. 경험에 의하면 이렇게 더디다가 어느 시점부터 손쓸 틈 없이 빨라진다.

"아니야, 미리미리 준비를 해야 되."

결국 강유진은 방으로 돌아가 컴퓨터를 켰다.

그리고 경제와 시사에 관한 정보를 검색해 읽기 시작했다.

이미 알고 있는 일들이어서 기억하는 데 어려움은 없었다.

아니 오히려 그 원인과 먼 훗날의 결과까지 알고 있어서, 평범해 보이기 위해 더 머리를 써야 했다.

점심을 일찍 먹고 집을 나섰다.

집에서 10분쯤 걷자 4호선 전철역이 보였다.

깨끗한 역사를 보니 감개가 무량하다.

사람들 틈에 섞여 지하철을 타고가다, 2호선과 만나는 지점에서 갈아탔다.

한낮 임에도 2호선은 사람들로 가득했다.

건강한 얼굴의 사람들을 보고 있자니 가슴이 뿌듯했다.

할아버지 미소로 사람들을 지켜보던 강유진은 시청 앞이라는 소리에 화들짝 놀랐다.

입구를 보니 전철 문이 닫히기 직전이다.

사람들을 헤치고 가까스로 내린 강유진의 입에서 안도의 한숨이 흘러나왔다.

"하아! 도시 생활이란……."

이럴 때면 탑골에서의 생활이 그립다.

시간상 조금 여유가 있어서 강유진의 걸음은 급하지 않았다.

그러다 보니 마치 관광을 하는 듯한 걸음걸이다.

멀리서 대성그룹 본사를 보니 형언하기 어려운 기분이 들었다.

저곳에 청춘을 바쳤다.

사람들을 만나고, 땀 흘려 일했으며, 사랑도 했다.

회전문을 열고 들어가는 순간 상사들과 부하직원들의 얼굴이 떠올랐다.

그중에서도 몇몇은 다시 만나고 싶었다.

'신은서, 박철영, 김은미…….'

자신이 가장 힘든 시기를 보내고 있을 때 도움을 주었던 부하직원들이다.

대성그룹에 면접을 보러 다시 온 것도 어쩌면 그들이 보고 싶어서였는지 모른다.

이곳에서의 인연이 아니라면 그들과 만날 일이 없는 탓이다.

물론 그들과 만나려면 적어도 5년 이상을 근무해야 하지만 말이다.

어차피 이것은 부정할 수 없는 자신의 인생이다.

21세기에 굶어 죽지 않으려면 일을 해야 하고, 자신은 이 일에 만족했었다.

강유진은 면접 대기실로 가서 이름을 확인하고 대기표를 받아 목에 걸었다.

얼마 지나지 않아 대기실은 입사지원자들로 가득 찼다.

초조한 얼굴도 있지만, 의외로 담담한 표정도 보인다.

강유진은 그들 가운데서 자신의 동기들을 어렵지 않게 찾을 수 있었다.

물론 합격자 전체는 아니다. 강유진은 자신과 같이 입사한 동기생들 중에 차장이나 부장까지 오른 사람들만 기억하고 있었다.

하지만 친하게 지내지 않아서 그런지 겨우 이름과 얼굴만 떠올랐다.

강유진은 어쩌다 그들과 시선이 마주치면 '기운 내라' 는 뜻으로 담담하게 웃어 주었다.

인사팀에서 지원 나와 대기실을 관리하고 있던 김안나의 눈이 반짝였다.

검은 정장을 입은 이목구비가 단정한 남자가 아까부터 눈에 들어왔다.

대기표를 받으러 왔을 때 본 피부는 여자보다 더 깨끗했다.

저도 모르게 서류로 눈이 갔다.

127번 강유진.

그는 다른 지원자들과 달리 자신감과 여유가 철철 넘치는 모습이었다.

기회가 된다면 이력서를 살펴보고 싶을 정도로 관심이 간다.

찰칵.

문이 열리고 면접을 마친 사람들이 나왔다.

김안나는 손가락으로 번호를 짚어가며 호명했다.

"127번, 128번, 129번 들어가세요."

강유진이 자리에서 벌떡 일어섰다.

자신의 번호는 127번이었다.

강유진은 망설임 없는 걸음으로 성큼성큼 안으로 들어갔다.

접이식 의자 세 개가 적당한 간격으로 놓여 있다.

3미터쯤 떨어진 곳에 면접관 세 사람이 이력서를 뒤적이고 있었다.

강유진은 가장 왼쪽에 있는 의자로 가서 착석했다.

뒤따라 온 남자들이 차례로 앉았다.

검은 뿔테 안경의 면접관이 강유진을 힐끗 바라보았다.

입사지원자치고 너무 위풍당당해서다.

“127번 왜 그 자리에 앉았습니까?”

갑작스러운 질문에 강유진이 고개를 들어 올렸다.

면접관은 별일 아니라는 얼굴로 무심히 앉아 있었다.

‘이런 질문이 있었던가?’

기억에 없었던 것 같다.

어쩌면 너무 당당하게 들어와서 생긴 일인지도 모르겠다.

고개를 갸웃거리던 강유진이 천연덕스럽게 답했다.

“그냥 고스톱 치던 순서가 생각나서 앉았습니다.”

“고스톱은 잘 칩니까?”

면접관의 질문이 점입가경이다.

아무리 생각해도 뭔가 첫 단추가 잘못 끼워진 느낌이다.

그래도 이왕 내친걸음 갈 때까지 가보기로 했다.

“명절에 가족들과 친 게 전부라 잘 치지는 못합니다.”

“고스톱 치던 순서라…… 면접이 장난입니까?”

“시정하겠습니다. 면접관에게 잘 보이기 위해 거짓말을 해야 하는 자리인 줄은 몰랐습니다.”

…….

면접실에 찬바람이 휘몰아쳤다.

'이런! 너무 솔직했나?'

강유진은 자신이 떨어졌다는 걸 직감했다.

난감했다.

왜 과거와 달라진 것이냐고 붙잡고 하소연할 사람도 없다.

누가 봐도 강유진의 순서는 지나갔다.

이번에는 다른 면접관이 옆 사람에게 물었다.

"128번, IMF(국제통화기금)가 수출에 미치고 있는 영향에 대한 본인의 생각을 말해 보세요."

"예, 1997년경 수출단가의 지속적 하락에도 불구하고 수출물량의 꾸준한 증가에 힘입어 금액기준으로 1996년보다 높은 증가율을 기록하였습니다……."

"129번, IMF가 노사관계에 어떤 변화를 가져왔다고 생각합니까?"

"IMF의 원조 조건은 고용시장에 자유경쟁체제를 도입하는 것입니다. 덕분에 많은 노동자가 실업자가 되었고 평생고용제와 평생직장이라는 개념이 없어졌습니다. 급여도 호봉 개념 연공서열 대신 연봉제로 바뀌었고, 정리해고가 자유로워져서……."

두 입사지원자의 대답은 막힘이 없었다.

IMF가 국가적인 화두가 된지 오래인지라 연구를 많이 했던 모양이다.

‘그러고 보니 아직 IMF체제였군…….’

면접에 오지 않았다면 잊고 지냈을 일이다.

IMF의 관리체제는 2001년, 즉 내년이나 되어서야 종료된다.

기업의 입장에서는 묻지 않을 수 없을 것이다.

강유진은 고개를 끄덕이며 대성그룹의 고심을 읽었다.

‘그러고 보니 신입 사원채용도 백여 명에 불과했었지…….’

IMF만 아니었으면 천 명 이상의 사원을 모집했을지도 모른다.

‘대성그룹이 IMF로 손해를 봤던가?’

곰곰 생각해 보니 그냥저냥 평타를 친 것 같았다.

IMF의 광풍 속에 평타라면 선방을 한 셈이다.

면접관의 질문에 지원자가 답하고, 옆에서 같은 지원자인 강유진이 고개를 끄덕이는 일이 반복됐다.

그런 강유진의 행동이 눈에 거슬렸나 보다.

가운데 앉아 있던 중년의 면접관이 이미 지나친 강유진에게 물었다.

“127번, 내년도 세계 경제의 전망에 대해 아는 대로 말해 보세요.”

한국의 IMF에서 갑자기 난이도 높은 세계 경제로 점프를 했다.

누가 봐도 이건 물을 먹이려는 질문이다.

좌우에 앉아있던 면접관은 127번의 입사지원 서류를 뒤적였다.

두 사람의 얼굴에 실소가 떠올랐다.

중소기업에 다니던 3류 대학 졸업생이 쉽게 답할 수 있는 문제가 아니었다.

강유진은 인상을 찌푸렸다.

어디에서 잘못된 것인지 도통 알 수가 없다.

분명히 자신은 이 면접을 통과해서 채용이 됐다.

그런데 질문도 다르고, 분위기도 호의적이지 않았다.

과거지만 럭비공처럼 어디로 튈지 모르는 현재인 셈이다.

총무과에 입사해 복사와 커피, 청소로 일을 시작했다.

그러다 처음으로 맡은 일이 사보(社報)에 실을 국내 협력업체와 해외지사의 자료를 수집하고 정리하는 것이었다. 특별한 기술이 필요 없는 부잡스러운 일이었지만 그때는 사명감을 가지고 임했다.

그때 잘 보였는지 연말에 자재과로 발령이 났다. 그곳에 가서야 진짜 회사원이 되었다는 걸 실감할 수 있었다.

자료수집이 숲을 보는 일이었다면, 자재과의 근무는 나무를 보는 일이다. 구체적인 수치들이 서류와 창고 사이를 오고 갔다. 그래 봐야 한 번 스쳐 지나가고 만 것들이지만, 지금은 원하는 걸 모두 기억해 낼 수 있다.

"할 말이 없는 모양인데……."

면접관이 '그럼 그렇지' 하는 얼굴로 다른 지원자들에게 시선을 돌렸다.

장시간 구경만 하던 강유진은 말을 하기 위해 목청부터 가다듬었다.

"험, 험, 2000년 하반기에 세계 경제가 침체되기 시작했습니다. IT(정보통신기술) 분야의 투자 붐 거품이 꺼진 게 원인이었습니다. IT 분야는 특성상 세계 시장을 대상으로 하고 있습니다. 당연히 IT 관련 기업들은 세계 주요 금융시장으로부터 가치를 평가받고 자금을 조달해 왔지요. 그래서 IT 분야의 거품 붕괴는 세계적인 파급효과를 낼 수밖에 없었습니다."

면접관들이 호기심 어린 얼굴로 127번을 바라보았다.

"미국은 1990년대에 IT 경제의 붐에 힘입어 연 5~6%의 경제성장률을 달성했습니다. 하지만 그 속에서 과잉 설비투자가 이뤄졌기에 IT 버블이 꺼진 2001년, 경제성장률은 지난 10년 이래 최악이 될 것입니다. 미국 중앙은행은 경기침체를 막기 위해 2000년 연 6.5%였던 기준금리를 내년에는 더 낮출 겁니다. 제 추측에 연 2%에서 1%까지 점차 낮출 것 같습니다. 세계 각국 중앙은행도 이 같은 저금리정책을 어느 정도 따라가게 될 것입니다."

경제 성장률에 금리 예측까지 막힘이 없다.

느긋하게 지켜보던 면접관들은 조금씩 자세를 바로했다.

"하지만 저금리가 장기간 유지되면 좋을 게 없습니다. 금리가 낮으면 쉽게 돈을 빌릴 수 있게 되지요. 기업이나 가계는 차입 비용이 적어지니까, 돈을 빌려서 투자를 하거나 주택을 구입할 것입니다. 금융회사들도 수익을 높이기 위해 대출을 늘리고, 신용도가 낮은 사람이나 기업에게도 자금을 빌려줄 것입니다. 경제에 거품이 낄 토양을 마련해 주는 셈입니다. 세계 각국에서 주택과 부동산 가격이 급등하고, 주식 가격도 크게 오를 것입니다."

이정도면 예측이 아니라 그냥 점쟁이 수준이다.

"유럽의 경우 기초가 비교적 튼튼합니다. 그뿐 아니라 긴 조정기간을 필요로 하는 수요와 공급 간의 불균형도 크지 않습니다. 유럽의 경제가 단기간에 호전될 수 있는 가능성이 큰 원인이라고 할 수 있습니다. 유로화의 통용이 성공적으로 정착되면, 시장 참가자들은 유럽에 대해 보다 낙관적인 평가를 하게 될 것입니다."

강유진은 계속해서 일본과 중국 그리고 아르헨티나에 대해 설명했다.

그중에서도 압권은 아르헨티나다.

"2000년 9월, 아르헨티나는 심각한 금융시장 혼란에 직면했습니다. 경기침체 장기화와 정치적 혼란으로 페소화 평가절하 및 정부부채 디폴트(default, 채무불이행) 가능성이 확산된 탓입니다. 그래서 모두가 알다시피 IMF 등 국제사회는 총 406억달러의 금융

지원을 약속했습니다. 그러나 아르헨티나의 정치·경제적 혼란이 진정될 기미가 보이지 않습니다. 지금이라면 2001년에도 마이너스 성장을 하게 될 것 입니다. 3년 연속 마이너스 성장이면, 결국 디폴트 선언으로 가는 수밖에 없습니다."

질문을 던졌던 면접관이 인상을 찌푸렸다.

"아르헨티나가 디폴트 선언을 한다는 건 지나친 비약입니다. 상상력이 지나쳐요."

"지구온난화로 세계 기후가 불안정해 지고 있습니다. 아르헨티나의 주력 수출 품목은 농산물입니다. 세계 기후에 직접적인 영향을 받지 않을 수 없지요. 내년에 농산물 가격이 폭락이라도 하게 된다면, 그렇지 않아도 높은 실업률과 국가부채의 무게를 이기지 못할 겁니다."

"끙!"

"흐음!"

면접관들은 서로 시선을 주고받았다.

더 이상 다른 질문이 없는 얼굴들이다.

솔직히 질문을 하고 들어갈 틈도 보이지 않았다.

턱을 괴고 손가락으로 탁자를 "톡톡" 두드리던 중앙의 면접관이 짧게 말했다.

"이상입니다. 수고들 했습니다."

응시자들은 거의 동시에 자리에서 일어나 출입문으로 걸어갔다.

중앙에 앉아 있던 면접관이 생각난 듯 소리쳤다.

"127번, 강유진씨."

강유진이 돌아섰다.

"예?"

"왜 우리 대성그룹에 지원을 한 겁니까?"

강유진의 얼굴에 웃음이 번졌다.

이제야 기다리던 질문이 나왔다.

준비한 말은 많았다.

그러나 문턱을 밟은 상황이었다.

"대성그룹에서 기업의 사회적 책임을 외면하지 않는 게 마음에 들어서입니다."

분명히 임천수 회장은 그런 사람이었다.

면접관의 얼굴에 비로소 부드러운 미소가 떠올랐다.

강유진은 가볍게 목례를 한 뒤에 밖으로 걸어 나갔다.

그렇게 면접이 끝났다.

복도를 걸어가는 강유진의 뒷모습을 김안나가 다시 한 번 바라보았다.

인사과 부장이 나가는 사람을 잡고 묻기는 처음이었다.

그의 대답은 또 얼마나 깔끔하고 당찬지!

대성그룹이 기업의 사회적 책임을 외면하지 않아서 지원했단다.

김안나는 강유진이 꼭 합격하기를 바랐다.

'127번님, 파이팅!'

마음으로 힘껏 외친 후, 다시 서류로 눈을 돌렸다.

"130, 131, 132번, 들어가세요."

기다리고 있던 이남일녀가 자리에서 벌떡 일어섰다.

피 말리는 면접은 그렇게 계속 진행되었다.

*　　*　　*

면접 이튿날 비서실장 임경수는 자신의 측근인 인사과 부장 김영석을 따로 만났다.

그는 임경수의 대학 후배이기도 했다.

둘이 자주 가던 바에서 임경수가 지나가는 말로 물었다.

"김 부장, 이번엔 좀 어때? 쓸 만한 신입이 좀 보이던가?"

잠시 생각하던 김영석이 고개를 끄덕였다.

"예, 쓸 만한 신입이 하나 눈에 띄더군요."

까다로운 김영석의 칭찬에 임경수가 눈을 동그랗게 치떴다.

"뭐야, 지금 김영석이 쓸 만하다고 한 거야? 어떤 괴물이 지원한 거야? 하버드라도 나왔어? 아니면 옥스퍼드? 프린스턴?"

"전혀 아닙니다."

"그럼 뭔데?"

"지난번에 대학의 균형 발전을 위해 명문대 이외의 채용률을 일정 부분 보장하라는 사장님의 지시가 있지 않았습니까?"

"어? 특채자? 그거 역차별의 부작용이 있다고 해서 잠깐 나오다 만 얘기 아니었어? 그런데 그게 왜?"

임경수가 인상을 찌푸리며 말했다.

"잠깐 나온 얘기는 아닙니다. 이번에 시범적으로 적용하고, 장기적으로 어떤 결과를 가져오는지 관찰하라는 사장님의 지시가 있었습니다."

"시범 적용하고 관찰하라고?"

"예, 정말 역차별의 부작용이 큰지, 혹은 숨겨진 인재 발굴의 기회가 될지 보자고 하셨습니다."

"쩝, 형님답군. 그거로 논문이라도 쓸 기세네. 그래서? 그 이야기를 왜 지금 하는데?"

"사실 비명문대 출신의 지원자를 몇 명 선별해 두었었습니다. 그중에 특기도 없고, 스펙도 없지만, 이전 직장에서 받아 온 추천서 하나 만큼은 기가 막힌 녀석이 있었습니다. 성실함에 과단성,

리더십까지 갖춘 보기 드문 인재라고 적혀 있더군요."

"헐! 그거 자기가 쓴 거 아냐? 성실, 과단, 리더십이면 기업이 원하는 삼박자네."

"그건 아니었습니다. 추천서를 쓴 사장이 제 후배였거든요."

"계속해 봐."

임경수가 와인을 홀짝이며 관심을 보였다.

"그래서 그놈도 서류전형을 통과시키고, 면접까지 끌어올렸습니다. 어차피 큰 문제가 없으면 최종 합격 명단에 올리려고 했습니다. 사장님은 '특채자'들에 대해 직접 얼굴 봐서 폭탄만 아니면 패스시키라고 할 정도로 특별한 기대를 하지 않았습니다. 이미 서류 전형만으로 어느 정도 채용 결정이 난 상태였으니까요."

"괴물 얘기는 언제 나오는 건데?"

"그놈이 괴물입니다."

"뭐? 대학의 균형 발전을 위하는 프로젝트에 당첨된 얼간이가 괴물이었다고?"

"네, 저는 회장님의 그 선구자적인 행보에 전율을 느끼지 않을 수 없었습니다. 그게 아니었으면 그놈은 서류전형에서 떨어졌을 테니까요. 신입 사원 100명 모집에 지원자만 3천 명이 넘었습니다. 서류 3천 개를 상상해 보십쇼. 그중 90%가 서울의 명문대생과 유학파들이었습니다. 대학 균형 발전 프로젝트가 아니었으면,

저는 그놈의 얼굴 볼 일이 없었을 겁니다. 평생 말이죠."

"어떤 점이 그렇게 마음에 들던가?"

"처음에는 그냥 쉽게 끝낼 생각이었습니다. 그런데 이놈이 들어오는데 포스가 장난이 아닌 겁니다. 그걸 실장님도 보셨어야 하는데. 마치 제집에 들어온 놈처럼 편안해 보여서…… 면접 보러온 놈이 너무 그래도 안 되는 거잖습니까?"

"그렇지. 슬슬 기는 맛도 조금 있어야지."

김영석은 강유진과의 면접에서 일어난 일을 자세히 들려주었다.

"헐! 그게 사실이야?"

"오죽하면 제가 괴물이라고 불렀겠습니까?"

"그놈이 우리 그룹의 연구소보다 더 정밀한 진단을 내렸다고?"

"몇 가지 극단적인 예측이 맞을지 아닌지는 모르겠지만, 일단 그가 제시한 수치들이 2% 내외로 연구소의 결론과 비슷하다고 느꼈습니다."

"2%나? 미치겠군. 연구소의 박사님들이 알면 맛이 가겠는데?"

"그놈이 마지막으로 나가면서 한 말이 걸작입니다."

"또 무슨 말을 했기에?"

"우리 그룹에 왜 지원했냐고 물었더니, 사회적 책임을 다하는 모습이 마음에 들어서랍니다. 패기가 아주 핵폭탄 급입니다."

"회장님이 마음에 들어서 왔다는 거네?"

"저도 그렇게 생각했습니다."

"그놈이 너무 궁금해서 어제는 도산한 후배 녀석에게 전화를 다 했습니다. 어떻게 된 녀석이냐고."

"난놈은 맞는데 그 정도로 튈 줄은 몰랐다고 하더군요."

"그래? 그 물건을 어떻게 굴려야 잘 굴렸다고 소문이 날까?"

"제 생각에는 일단 엘리트 코스를 밟게 하는 것도 괜찮을 것 같습니다."

엘리트 코스란 가장 밑바닥부터 실무를 익히게 한 뒤 조금씩 끌어올리는 방법이다. 우수한 인력의 경우 드물게 그런 절차를 거치게 했다. 대성그룹의 경영진이 탄탄한 것은 대부분 그런 과정을 거쳐 올라온 까닭이다. 말이 좋아 엘리트지 실은 노가다 코스였다.

"그 정도면 엘리트 코스고 뭐고 의미가 없는 놈 아니야?"

"그렇기는 합니다만 그룹의 체면이 있으니까요. 만만한 곳이 아니라는 걸 체험해야 좀 겸손해지지 않겠습니까? 저대로 크면 애를 버릴 수도 있습니다."

"자네가 보기에 어디까지 갈 것 같던가?"

임경수가 시선을 하늘로 힐끗 향했다.

어느 자리까지 올라갈 것처럼 보이느냐는 물음이다.

"그 정도 안목이면 일단 최연소 부장까지는 문제가 없지 않겠습니까? 그 이상은 자기 혼자 뛰어나다고 되는 일이 아니니까, 잘 모르겠습니다."

"흐음. 기회가 되면 나도 한 번 보고 싶군."

"신입 사원 연수회 때 보면 되지 않겠습니까?"

"그러든지."

임경수가 무덤덤한 얼굴로 고개를 끄덕였다.

면접 이튿날이라서 그런지, 그 뒤로도 두 사람은 계속 면접에 관한 이야기를 나누었다.

*　　　*　　　*

면접 결과 발표는 일주일 이내에 개별 통보다.

면접 이후로 강유진은 특별히 할 일이 없었다.

돌아다니기 좋은 가을이지만, 그는 밖으로 나돌아 다니지 않았다. 그동안 너무 많은 일들이 있어서 정신적으로 힘들었던 것이다.

세상은 새롭게 탄생했지만 그의 기억은 여전했다.

과거의 기억은 매일 그를 괴롭혔다.

사도들과의 싸움, 전쟁의 폐허, 눈으로 덮인 세계, 흡혈귀…….

강유진은 매일 밤 죽어가는 딸과 임지연을 보며 울었다.

일주일쯤 지나자 대성그룹에서 전화가 왔다.

합격이었다.

강유진은 담담하게 받아들였다.

과거와 다른 면접에 조금 놀라기는 했지만, 다시 원래대로 된 모양이다.

강유진은 합격 통보를 받자마자 밖으로 나갔다.

집에 틀어박혀서 기억과 씨름하고 싶지 않아서다.

밖으로 돌아다니니 기분이 전환됐다.

'이렇게 개운할 줄 알았으면 진즉에 나올걸…….'

시내를 쏘다니던 강유진은 별 생각 없이 청계천으로 나갔다.

그러나 복구전의 청계천은 눈 둘 곳이 없었다.

뒤늦게 청계천 복구가 2004년에 된 걸 기억해 내고서 머리를 툭 쳤다.

"아! 이런 바보가 있나."

종로로 걸어 나가던 강유진은 내친김에 원룸텔과 미술관 그리고 체육관을 찾아가 보기로 했다.

원룸텔은 여전히 같은 자리에 있었다.

방을 보러 오셨냐는 총무의 물음에 강유진은 그렇다고 하고서 내부를 둘러보았다.

기억과 달리 깨끗했다.

지은 지 몇 달 안 된다는 총무의 설명에 강유진은 빙긋 웃었다.

이곳에서 매일 참치 캔을 먹다가 공무원 시험 준비를 하고 있는 김민정을 만났다.

김민정을 생각하니 자꾸 웃음이 났다.

강유진은 자신이 살던 방과 김민정의 방을 차례로 가보았다.

자신의 방에 서 있자니 금방이라도 김민정이 문을 두드릴 것 같다.

'후후, 그럴 일은 없지.'

지금 김민정은 유치원을 다닐 나이다.

거기까지 생각하니 원룸텔의 모든 것이 낯설고 싫어졌다.

피식 웃던 강유진은 출입문 쪽으로 걸어갔다.

총무가 따라 나오며 "여기보다 더 좋은 곳은 없다"고 했다.

강유진은 "좀 더 알아보고 오겠다"는 인사를 남기고 원룸텔을 떠났다.

밖으로 나오니 다시 가슴이 허전해 진다.

강유진은 택시를 타고 합기도 체육관을 찾아갔다.

그러나 애써 찾아간 보람은 없었다.

뜻밖에도 그곳에서는 합기도가 아니라 태권도를 가르치고 있었다. 안내판의 글과 홍보 전단지를 보니 관장도 다른 사람이다.

합기도 체육관은 시간이 더 지나야 들어설 모양이다.

문득 자신이 과거의 흔적을 더듬어 나가는 게 이해가 가지 않았다.

'나는 무얼 찾고 있는 걸까?'

모른다.

'모른다' 는 마음은 계속 강유진을 움직이게 했다.

강유진은 이번에는 미술관을 찾아갔다.

마리나 미술관은 그 자리에 있었다.

팸플릿에 이운학 관장의 사진이 있다. 이제 오십 대 정도로 보였다.

강유진은 속으로 '노안(老顔)이시네' 이라고 중얼거렸다.

큐레이터로 일하던 그의 딸은 지금쯤 고등학생 정도일 것이다.

강유진이 한 손에 팸플릿을 들고 잠시 과거를 회상하고 있을 때다.

미술관 문을 열고 여고생 하나가 뛰어들어 왔다.

미술관 여직원이 여고생을 향해 웃으며 아는 체를 했다.

"오늘은 보충 안하니?"

"네, 친구들이랑 놀러 가기로 했어요."

여고생의 활달한 음성이 조용한 미술관에 울려 퍼졌다.

강유진은 저도 모르게 고개를 들어 여고생을 바라보았다.

큐레이터 이지영이었다.

강유진은 무심코 고개를 까딱이며 아는 체를 했다.

그녀의 지휘를 받아 일을 하던 기억에 몸이 먼저 반응한 것이다.

이지영은 얼떨결에 마주 인사를 하고는 고개를 갸웃거렸다.

자신이 아는 사람인지 기억을 더듬어 보는 것이다.

뒤늦게 상황을 알아차린 강유진은 팸플릿을 놓고 조용히 돌아섰다.

이지영이 여직원에게 소리를 낮춰 물었다.

“언니, 저 남자 알아요?”

“몰라. 왜?”

“아니, 인사를 해서 나도 같이 했거든요.”

“그래? 여기 처음 온 사람인데?”

“아, 그랬구나.”

이지영은 멀어져 가는 남자의 뒷모습을 힐끗 바라보았다.

분명히 모르는 사람인데 왠지 가슴이 심란했다.

‘응? 뭐지?’

남자가 나간 뒤에도 이지영은 오랫동안 우두커니 서 있었다.

“친구들이랑 어디 간다면서?”

“아! 맞다!”

뒤늦게 현실로 돌아온 이지영이 늦었다며 부산을 떨었다.

이지영은 부친의 사무실에 가방을 넣어 두고 미술관 밖으로 뛰어 나갔다.

거리로 나간 이지영은 아쉬움에 주변을 휘휘 둘러보았다. 먼저 나간 남자를 찾고 있는 것이다.

그런 이지영을 친구들이 잡아끌었다.

“지영아, 뭐하고 있어? 빨리 가자.”

“어? 어…….”

이지영과 대여섯 명의 여고생들이 어디론가 우르르 몰려갔다.

평화롭기만 한 일상이었다.

제8화

가장 가슴 설레던 시간

강유진은 밤늦게까지 시내를 돌아 다녔다.

아침부터 저녁까지 하루를 꼬박 돌아다니자 비로소 살아가야 할 세계가 실감이 났다.

어쩌면 바로 이 느낌을 찾고 싶어서 돌아다닌 것은 아닐까?

마지막에 엘은 "열심히 최선을 다하라"고 했다.

그러나 과거의 삶이 자신의 발목을 잡아끌었다.

이 기억은 어쩔 거냐고.

이 감정들은 버릴 거냐고.

루카가 만든 하얀 공간과 달리 자신은 이 세계와 하나다.

시간과 공간에 섞이고 융화되어야 하는 것이다.

그러기 위해서는 새로운 삶을 받아들이고, 더 이상 과거에 매이지 말아야 한다.

강유진은 집으로 돌아가서 TV를 시청하다가 잠자리에 들었다.

육체의 피로 때문인지 이번엔 아무런 꿈도 꾸지 않았다.

오랜만에 강유진은 숙면을 취할 수 있었다.

*　　*　　*

9월 12일.

강유진은 신입 사원 연수에 참여하기 위해 집을 나섰다.

집결 장소는 대성그룹 본사 앞.

강유진은 동대문에서 2호선 전철로 갈아탔다.

신입 사원 연수회의 분위기는 잘 기억이 나지 않았다. 15년 전의 일들인 데다가 딱히 인상적인 일도 없었다. 프로그램에 따라 이리저리 움직이다 보니 열흘이 다 지나갔다. 굳이 떠올려 보자면 '어? 벌써 열흘이나?' 라고 마지막에 놀랐던 기억만 있다.

출근 시간대가 아니었지만 2호선은 여전히 사람이 많았다.

그때 강유진의 시선에 한 여자가 들어왔다.

여자는 가방을 선반 위에다 올려놓고 책을 읽었다.

뒷모습뿐이지만 왠지 낯이 익다.

호기심에 계속 쳐다보니 이런 일이 전에도 있었던 것 같다는 기시감[旣視感, deja vu]마저 들었다.

강유진은 고개를 갸웃거리며 여자와 가방을 번갈아 바라보았다.

여자는 책장을 넘기다가 시청역에서 급하게 내릴 준비를 했다.

강유진도 여자의 뒤를 따라 출구로 향했다.

그러다 문득 여자가 책만 들고 있다는 걸 알아챘다.

여자는 사람들을 헤치고 나가는데 정신이 팔려 그걸 모르는 것 같았다.

전철이 정차했다.

강유진은 급하게 돌아가 여자의 가방을 집어 들었다.

그리고 연신 "죄송합니다"라고 소리치며 사람들을 좌우로 밀쳤다.

몇몇 사람이 짜증 어린 눈으로 노려보았지만 신경 쓰지 않았다.

강유진은 문이 닫히기 직전 겨우 내릴 수 있었다.

저 만치 앞서 걸어가던 여자가 갑자기 우뚝 섰다.

뒤늦게 가방을 두고 내린 걸 알아차린 것 같았다.

열차가 천천히 전철역을 빠져나갈 때 여자가 돌아섰다.

'헉!'

여자의 얼굴을 확인한 강유진은 얼어붙고 말았다.

하얀 얼굴에 귀염성 있게 생긴 그녀는 전처인 김소연이었다.

베이지 색 투피스에 옅게 화장을 한 김소연이 일직선으로 다가왔다.

25살의 그녀는 눈부시게 아름다워서 한순간 가슴이 쿵쾅거릴 정도였다.

당황한 강유진은 그녀의 앞으로 가방을 쑥 내밀었다.

곧이어 처음 그녀를 만나게 된 날이 생각났다.

잊고 있었다.

신입 사원 연수를 가던 날, 지하철역에서 그녀를 처음 만났다.

"어머! 고마워요! 그렇지 않아도 깜빡 잊고 있다가 방금 생각나서 뛰어 가려던 참인데!"

김소연의 얼굴이 붉게 물들었다.

또래의, 그것도 꽤나 잘생긴 남자가 가방을 가지고 따라와 주었다고 생각하니 기분이 좋다.

김손연은 조심스럽게 가방을 건네받았다.

그리고 몇 가지 서류를 확인하고는 안도의 한숨을 내쉬었다.

"휴우! 정말 아찔했네요. 이거 잃어버렸으면 사표를 썼을 지도 몰라요. 다시 한 번 감사드려요."

"네, 마침 제 눈에 띄어서 들고 따라 가던 참입니다. 그럼 수고하세요."

강유진은 짧게 목례를 해 보이고 김소연을 스쳐 지나갔다.

김소연의 몸에서 그녀가 즐겨 사용하는 향수 냄새가 풍겼다.

이 냄새가 좋아서 잠 못 이룬 밤이 많았다.

괜히 웃음이 났다.

멍한 얼굴로 서 있던 김소연이 황급히 강유진을 따라붙었다.

“저기요, 제가 고마워서 그러는데, 시간 나실 때 식사라도 대접해 드리고 싶어요.”

강유진은 잠시 멈칫거렸다.

자신은 이 시절의 김소연을 평생 가슴에 담고 살았던 것 같다.

그래서 자신이 소원하는 대로 가장 가슴 설레던 시간들로 돌아온 것이리라.

행복하던 신혼생활과 하연이를 낳고 좋아했던 날들이 스쳐 지나갔다. 곧이어 기러기 가정과 이혼, 그녀와 딸의 죽음이 떠올랐다.

강유진의 얼굴에 깃들었던 미소가 서서히 사라져 갔다.

전화로 이혼을 통보하던 차가운 그녀의 음성이 생각났다.

이런 기억들을 안고서 행복할 수 있을까?

‘하아!’

강유진은 자신이 그러지 못하리란 걸 알았다.

그래서 영혼에 각인된 전처와의 첫 만남을 털어 버리기로 했다.

"괜찮습니다. 고마워할 필요 없습니다. 누구라도 그랬을 테니까요."

강유진은 정중히 거절하고 돌아섰다.

과거에는 그녀와 만나 식사를 했고, 그게 인연이 되어 교제를 시작했다.

그러나 지금은 어떻게든 그녀와 얽히고 싶지 않았다.

그녀를 위해서도 그게 좋았다.

김소연이 멀어져 가는 강유진에게 손을 뻗었다.

그러나 그녀는 그를 잡지 못했다.

마음이 끌리고, 아쉬웠지만, 상대가 너무 단호해서 더 손을 내밀 수가 없다.

"하아!"

김소연의 입에서 한숨이 흘러나왔다.

평소에는 눈이 높아서 접근하는 남자들을 거절하며 살아 왔다.

그런데 오늘 처음으로 그 반대의 일을 당하다니!

자존심이 상해서 다시 보고 싶지 않아야 정상인데, 이상하게 그 남자가 신경 쓰였다.

남자가 완전히 모습을 감추자 김소연도 걸음을 떼어 놓았다.

김소연은 회사로 돌아가는 내내 '인연이 닿아서 다음에 다시 만났으면 좋겠다' 는 생각을 했다.

*　　*　　*

집결시간보다 이른 시간임에도 집결 장소에는 신입 사원들이 수십 명이나 모여 있었다.

강유진은 연수회 진행자들이 나눠 주는 명찰을 목에 걸고 그늘로 들어가 쪼그리고 앉았다.

일찍 온 사람들은 그새 친해졌는지 삼삼오오 모여 잡담에 여념이 없었다.

햇병아리인 그들을 보고 있자니 웃음이 난다.

과거에 신입 사원 연수회를 진행했던 기억이 떠올랐다.

'다른 사람의 눈에는 나도 저렇게 보이겠지?'

강유진은 피식 웃다가 눈을 감았다.

얼마나 시간이 지났을까?

신입 사원들을 불러 모으는 소리가 들렸다.

느긋하게 일어난 강유진은 진행자들이 지정해 준 관광버스에 올라탔다.

빈자리가 다 차자 진행자가 와서 인원을 확인했다.

인원점검이 끝나자 버스가 출발했다.

관광버스가 강원도에 있는 대성그룹의 콘도에 도착한 시간은 12시가 조금 지난 시간이었다.

콘도의 중앙에 "2000년 신입 사원 연수회"라는 현수막이 걸려 있다.

강유진은 현수막의 글을 보며 야릇한 표정을 지었다.

2000년을 두 번이나 맞으려니 기분이 묘하다.

버스에서 내리자 진행자들이 사람들에게 숙소 배정표를 나누어 주었다.

강유진은 동료들과 함께 배정받은 숙소에 짐을 푼 다음 강당으로 이동했다.

느닷없이 비서실장 임경수가 강당에 나타났다.

예정에도 없던 임경수가 등장하자 진행자들이 바싹 긴장했다.

바짝 긴장한 진행자들을 둘러보며 임경수가 말했다.

"나 신경 쓰지 말게."

그런다고 신경이 안 쓰이는 게 아니다.

총괄진행을 맡은 기획과장 서한우는 김문수의 눈치를 살피랴, 행사를 진행하랴 정신이 없었다.

해병대 출신의 박두식이 서한우에게 다가가 귓말로 물었다.

"과장님, 어떻게? 그냥 진행합니까?"

"이번 시간이 뭔데?"

"처음은 일단 군기 잡는 시간으로 정하지 않았습니까?"

"아! 그랬지."

고민하던 서한우는 이를 악물고 고개를 끄덕였다.

"해. 어차피 결재 다 받은 기획인데, 망설일 게 뭐 있어."

"그래도 괜찮겠죠?"

"해 인마. 해병대 나온 놈이 뭐가 그렇게 겁이 많아."

"여기가 해병댑니까? 회사지……."

박두식은 아무래도 비서실장의 눈치가 보이는 모양이다.

서한우는 그런 박두식을 위해 한 마디 귀띔했다.

"우리 비서실장님, 의외로 단순무식한 거 좋아하셔. 너 오늘 잘 하면 저분 눈에 드는 거야. 인마."

"정말요?"

"저 양반 별명이 장갑차였어."

"그럼, 과장님만 믿고 가보겠습니다."

박두식이 씩씩하게 걸어갔다.

박두식은 옆구리에 끼고 있던 붉은 조교 모자를 머리에 꾹 눌러 썼다.

그즈음 신입 사원들은 강당에 모여 사회자가 읽어주는 일정에 대해 듣고 있었다.

신입 사원들은 거의 이십 대 중후반인지라 자세가 제각각 달랐다.

어떤 이는 그래도 연수회니까 엉덩이를 의자에 착 붙이고 있는가 하면, 또 다른 이는 비스듬히 기대어 최대한 편안한 자세를 유지했다.

아침부터 서두르느라 피곤했던지 벌써부터 조는 사람도 있었다.

바로 그때 박두식이 연단 앞에 나타났다.

붉은 조교 모자에 손에는 짧은 지휘봉까지 들었다.

모자 밖으로 삐져나온 머리만 아니라면 영락없는 유격장 조교다.

"저는 여러분의 선배이자, 대성그룹이 원하는 사원으로 여러분의 정신을 개조할 박두식입니다. 때는 IMF입니다. 지금 여러분의 자세는 기업하다 말아먹기 딱 좋은 자세입니다. 뒤로 기대고, 다리를 꼬고, 심지어 조는 사람도 많이 보입니다. 그렇게 일하다가는 바로 쪽박 찹니다. 아시겠습니까?"

"……."

"예."

갑작스러운 박두식의 등장에 신입 사원들은 어리둥절한 얼굴이다.

대성그룹의 신입 사원 연수에 웬 유격 조교란 말인가?

“목소리 보십쇼. 백 명이 모였는데 딱 세 명이 대답했습니다. 여러분은 대성그룹이라는 이름 아래 하나가 되어야 합니다. 하나가 되기 위해 이 자리에 모였습니다. 자리에서 일어납니다. 실시!”

사람들이 쭈뼛쭈뼛 일어났다.

그때부터 본격적인 박두식의 시간이 돌아왔다.

박두식은 신입 사원들을 유격장의 훈련병처럼 굴렸다.

팔굽혀펴기는 기본이다.

오리걸음에 PT체조까지 강당에서 할 수 있는 모든 굴리기 메뉴가 동원됐다.

박두식은 “우리는 하나다!”라는 구호를 쉬지 않고 외치게 했다.

그렇게 한 시간이 지나자 신입 사원들의 목은 다 쉬었다.

한 시간이 지나자 박두식은 “수고하셨습니다”라는 인사를 끝으로 사라졌다.

신입 사원들은 점심도 주지 않고 굴린 진행본부에 불만도 표출했지만, 대체로 박두식의 행동에 수긍하는 분위기였다.

이유는 단 하나였다. 구르기 덕분에 쉽게 친해진 것이다.

식당에 줄이 길게 늘어섰다.

모두가 신입 사원들이다.

물론 간간이 진행 요원들도 보였다.

강유진도 신입 사원들 사이에 서서 줄어드는 줄을 바라보고 있었다.

발갛게 얼굴이 달아오른 신입 사원들과 달리 강유진의 표정은 담담했다.

육체적으로 피로를 느끼지 못하는데다, 그보다 더한 지옥을 거쳐 온 그에게, 이정도의 굴리기는 애교에 불과할 뿐이다.

식판을 받아 든 강유진은 빈자리로 가서 앉았다.

강유진이 앉자마자 누군가 강유진의 맞은편에 식판을 내려놓았다.

비서실장 임경수였다.

임경수를 알아본 강유진이 웃으며 인사를 건넸다.

"안녕하십니까?"

"반갑습니다."

강유진은 서둘러 숟가락을 집어 들었다.

하마터면 "오랜만입니다"라고 말할 뻔했다.

만약 임경수의 얼굴이 지금보다 더 늙어 보였다면 실수를 했을지도 모른다. 강유진은 15년이라는 세월에 감사했다.

임경수는 기분이 묘했다.

외지에서 친척을 만난 듯 반갑게 인사를 하더니 금세 식사에 열중이다.

어찌나 복스럽게 먹는지 한편으로는 무시당하는 기분이 들 정도다.

지금까지 그룹의 어느 누구도 자신과 함께한 자리에서 저렇게 먹은 사람이 없다.

'헐! 김영석이 괴물이라더니…… 강심장인 것만은 틀림없군.'

묵묵히 몇 숟가락을 먹던 임경수가 자연스럽게 물었다.

"어떤가? 연수에 특별히 어려운 점은 없나?"

강유진은 힐끗 임경수를 바라본 후에 성의 없이 답했다.

"없죠. 이제 겨우 프로그램을 한 시간 했는데. 그나저나 반찬이 아주 잘 나오네요. 거의 호텔 급인데요?"

"어디 호텔이 이렇게 잘나오나? 우리 그룹의 연수식당은 매스컴도 탔다네."

"엔터프라이즈 호텔요."

강유진은 무심코 말하고 아차 싶었다.

엔터프라이즈 호텔은 일반인이 출입하기에는 너무 고급이기 때문이다.

"맞아, 거기도 제법 괜찮지."

고급이 생활화된 임경수는 미처 알아차리지 못하고 고개를 끄덕였다.

"참, 자네가 면접에서 재밌는 말을 했다고 들었는데."

"어떤 말을요?"

강유진이 눈을 끔뻑이며 되물었다.

임경수는 속으로 '이런 간덩이가 부은 놈 같으니' 라고 중얼거렸다.

신입 사원 주제에 너무 편하게 말을 받는다. 이러다가는 곧 비서실장과 친구하자고 덤빌 분위기다.

"아르헨티나가 내년에 디폴트를 선언할 거라고 예측했다지? 인사과에서 자네를 디폴트라고 부른다더군."

"에이, 그 정도는 대성그룹의 경제연구소에서도 알고 있을 텐데요 뭐."

"몰라."

"네?"

"연구소에서는 모른다고."

"아, 그럴 수도 있으니까 너무 신경 쓰지 마십시오. 다른 거 연구하기에 바빠서 그럴 겁니다."

임경수는 기가 막혔다.

이제는 연구소 입장까지 대변해 준다.

그러나 지금 연구소에 아르헨티나의 경제 분석을 맡겨도 결과는 같을 것이다. 대성그룹의 지사가 아르헨티나에도 있다. 그 말은 아르헨티나가 주요 연구 대상이라는 뜻이다. 그런데 지금까지 아르헨티나 경제에 관한 특별 보고가 없다.

"만약에 내년에 아르헨티나가 디폴트를 선언하지 않으면, 자네는 엉터리가 되지 않나?"

"솔직히 저는 그런 일이 일어나지 않기를 바랍니다. 그렇지 않아도 힘든 아르헨티나 국민을 위해서라도요."

강유진은 처음으로 진지한 얼굴로 말했다.

"하하, 말은 그렇게 해도 디폴트를 바라겠지?"

"원래 의심이 많으십니까? 아니면 그 자리가 의심을 하게 만드는 겁니까?"

강유진이 임경수를 지그시 응시했다.

임경수는 상대의 눈을 마주하지 못하고 슬쩍 피했다.

왠지 자신의 마음속을 훤히 들여다보는 느낌이다.

"패기 하나는 마음에 드는군."

임경수가 먹다말고 식판을 들고 자리에서 일어났다.

그리고 뒤도 돌아보지 않고 쌩하니 가 버렸다.

누가 봐도 기분이 상한 모습이다.

주변에 있던 신입 사원들과 진행 요원들이 황당한 눈으로 강유진을 바라보았다.

임경수의 정체를 아는 진행 요원들의 경우 아예 넋이 나간 얼굴이다.

신입 사원이 회장의 동생인 비서실장에게 물을 먹이다니!

그 사건 이후로 강유진의 별명은 “디폴트”가 되었다.

*　　　*　　　*

본래 강유진은 눈에 띄지 않는 사람이었다.

15년 전에는 확실히 그랬다.

강유진의 재능이 꽃을 피운 건 입사 후 시간이 조금 지나서다.

그룹의 업무전반을 익히고 나서부터 강유진은 눈에 띄기 시작했다. 두드러진 성과로 인해 그는 동기들 중에 가장 먼저 차장이 됐다. 그래서 동기들은 그가 첫 번째로 부장이 될 거라고 말하곤 했다. 기러기 가장이 되기 전까지만 해도 그렇게 보였다.

그러던 강유진이 연수회에서 “디폴트”라고 불리기 시작했다.

신입 사원들 가운데 가장 먼저 별명을 획득한 것이다.

더불어 아르헨티나 경제가 신입 사원들의 주요 관심사로 자리매김 당했다.

신입 사원들은 틈만 나면 아르헨티나의 경제와 정치 현황에 대한 이야기를 나누었다. 그 장대한 이야기의 끝은 언제나 같았다.

강유진이 예측했다는 디폴트가 정말 일어날까?

덕분에 강유진은 연수회 기간 내내 이리저리 불려 다녔다.

특히 여사원들이 그를 많이 찾아왔다.

그녀들에게 강유진은 유성처럼 하늘에서 뚝 떨어진, 빛나는 원석이었다.

강유진의 인생은 전과는 완전히 달라졌다. 그래서 이제는 스스로도 앞날을 예측하기 어려울 정도가 되고 말았다.

예컨대 과거에는 연수회 기간 내내 친한 사람 없었다. 존재감이 없어서 더 그랬다. 그래서 기억에 남는 사람도 없었다.

하지만 이제는 동기들 전부와 친해졌다.

반말을 튼 사람이 벌써 전체 신입 사원의 절반을 넘는다.

가히 폭풍 같은 인기다.

물론 그렇다고 행복한 결말이 예고된 건 아니다. 상상만 해도 끔찍한 복병이 있었다. 바로 비서실장이다. 비서실장은 첫째 날의 그, 행사 진행 요원들 말에 의하면, '폭풍 같은 점심 식사' 이후에 서울로 올라갔다.

사람들은 '강유진이 비서실장의 심기를 건드렸으니 출세하기 틀렸다' 고 생각했다.

특히나 강유진을 시기하는 사람들은 그럴 거라고 믿어 의심하지 않았다.

그러거나 말거나 연수회 기간 중에 강유진은 두드러져 보였다.

제한 시간 내에 대청봉을 오르는 프로그램에서 강유진의 조가 1등을 했다. 도중에 발목이 삔 여자를 업어서 등반한 덕분이다.

그룹의 주력 상품들을 선별해 소개하고 설명하는 조별 프리젠테이션(presentation) 에서도 발군의 능력을 보였다. 제품의 완벽한 이해는 물론 개선할 부분까지 짚어내는 데 조원들이 나가떨어졌다.

하다못해 상품지식이나, 전표지식, 각 제품별 소개 등 그룹 전반의 사업을 가르치던 강사는 "혹시 대성그룹에 재취업하는 것 아니냐?"고 묻기까지 했다.

그렇게 10박 11일의 연수회는 "디폴트"라는 이름을 직원들의 머리에 남기고 끝이 났다.

*　　*　　*

연수가 끝난 직후 인사과 부장과 비서실장이 다시 시내의 모처에서 만났다.

두 사람이 모인 건 "강유진을 어디로 보내느냐?"에 대한 이견을 좁히지 못해서다.

인사과 부장은 계획대로 엘리트 코스의 하나인 자재과에 처박자고 했다.

그런데 그동안 비서실장 임경수의 마음이 변했다.

"이번에 새 부서를 만들기로 했다."

"새 부서요?"

"그래, 아직 다른 사람은 몰라. 나와 사장님만 아는 일이지."

"어떤 부서 길래?"

"전략사업부라고 이름을 지었어."

"왠지 포스가 예사롭지 않네요?"

"나라가 IMF 상황임에도 불구하고 하반기에 우리 그룹만 신규 채용을 했잖아. 다른 데서는 다 인원 감축을 하는데 말이야."

"예, 그래서 재계에서 뒷말이 많았죠."

"무리하게 뽑았으면 본전은 뽑아야 하는 거 아냐?"

"하지만 신입 사원을 전략사업부로 발령 내면…… 너무 주목을 받게 될 것 같은데요. '모난 돌은 정 맞는다' 고 하지 않습니까?"

"이미 동기들 간에 디폴트라는 별명으로 불리는 놈이야. 내가 만나 봤는데, 정에 맞으면 정이 찌그러질 기세더라고."

"저도 약간 꼴통 기질은 느꼈습니다. 그래도 업무 파악을 하고 난 다음에……."

"실무 연수 강사로 나갔던 최 부장 말 못 들었나? 재취업하는 놈인 줄 알았다고 하더라고. 그룹 업무에 최 부장보다 더 빠삭하더래. 업무 파악 걱정은 안 해도 되."

"그래도 책보고 아는 것과 현장에서 배우는 건 다릅니다."

"그건 나도 아는데, 상황이 썩 좋지 않아서 그래. 오죽하면 새 부서를 급조하려고 하겠어?"

"하아!"

"너무 네 생각만 하지 마. 그룹의 경제 연구소와 비슷한 분석 능력을 가진 놈이야. 그런 놈을 적재적소에 배치하지 못하면 그것도 무능한 거라고."

"그건 압니다."

"알면 됐어. 이번에는 나도 형님 의견에 적극 동의했어."

"그럼 인선은 생각해 두신 게 있습니까?"

"한무열 부장을 발령 낼 계획이야."

한무열은 임경수의 왼팔로 그룹에서 호랑이라는 별명을 가진 남자였다. 별명에 걸맞게 호쾌하고 저돌적이면서도 상황 판단 능력까지 뛰어나 승승장구하고 있는 사람이었다. 그를 투입하기로 한 것만 봐도 전략사업부에 거는 기대를 알 수 있다.

"정말 크게 판을 벌이시려나 보군요."

"IMF야. 먹지 않으면 먹히는 시대라고. 이왕이면 먹는 게 좋지 않겠어? 참, 강유진의 뒷조사는 어떻게 됐나?"

너무 뛰어나다 보니 따로 뒷조사를 하지 않을 수 없었다.

"깨끗합니다. 대학은 물론 초, 중, 고교 때까지 다 팠는데, 나오는 게 없습니다."

"집안은?"

"더 깨끗합니다."

"무슨 소리야?"

"본래 이대 독자였는데, 3년 전에 부친이, 그리고 2년 전에는 모친이 사망했습니다. 가까운 피붙이가 하나도 없는 상태입니다."

"쯧! 안됐군. 회사에서야 부려먹기 딱 좋은 상대지만."

"그런 가정환경에 비해 성격은 상당히 밝더군요. 사람들을 끌어모으는 리더십도 있고."

"좋아. 결정했어."

임경수가 탁자를 내리쳤다.

바텐더가 눈을 크게 뜨고 임경수를 힐끔거렸다. 지금까지 그가 저렇게 자기감정을 드러낸 적이 없는 까닭이다.

"그런데 경제 연구소에서는 뭐라고 합니까?"

"뭘?"

"아르헨티나요."

"아! 특별히 고려할 만한 변동사항이 없다고 그냥 현상유지를 할 거라네."

"결국 디폴트는 강유진 혼자만의 주장이네요?"

"아르헨티나 같은 나라가 디폴트를 선언할 거라고 예측하는 게 이상한 거지. 디폴트가 애들 장난이야? 도저히 채무를 상환할 능력이 안 된다고 두 손 드는, 이를테면 국가 부도 선언이라고."

"만약 그게 강유진의 자기 PR방법이었다면 성공한 거네요."

임경수가 회의적인 얼굴로 중얼거렸다.

"자기 PR이라면 좀 더 날짜를 멀리 잡았어야지. 남들이 듣고도 잊어버릴 정도로 멀리. 2001년이면 바로 내년이라고. 입사한지 1년 만에 속보이는 놈이 되는 거야. 득보다는 실이 더 많을걸?"

"그때가 되면 또 다른 여건이 조성될 수도 있지 않겠습니까? 강유진이 예측한 아르헨티나의 디폴트 전제 조건이 경제 불황과 정치 불안 그리고 기후변화였는데, 그 셋 중에 어느 하나라도 해소된다면…… 빗나간 디폴트 예측을 비난할 수도 없게 됩니다."

"그러고 보니 그런 경우도 있었군. 그냥 잔머리가 뛰어난 놈인 건가?"

"허지만 꼭 그렇다고 볼 수만도 없는 게…… 그 세 가지 상황이 여전한데 별일 없이 넘어 가는 경우도 있을 수 있으니까요."

"아, 진짜! 뭐가 그리 복잡해? 그러니까 뭐야? 네 말은 그놈이 단순히 잔머리를 굴렸다는 거야? 아니면 뛰어나다는 거야?"

"일단 뛰어난 놈은 맞는 것 같습니다. 문제는 우리의 예상보다 더 뛰어나느냐? 아니면 딱 그 정도 선까지냐 하는 점인데…… 그건 내년이 되어 봐야 알 수 있지 않겠습니까?"

"역시 그렇겠지?"

임경수는 시간이 훌쩍 지나갔으면 하는 얼굴이다.

결과를 내년까지 기다리자니 손발이 근질거리는 모양이다.

"실장님, 벌써 9월도 다 갔습니다. 내년은 금방 옵니다."

"그러게 벌써 10월이 코앞이네. 어물어물하다 보면 눈이 내리겠지? 시간이 너무 빨리 가는 거 같아. 어제가 대학 입학하던 날 같은데."

"저도 학교에서 실장님과 농구 시합 하던 게 어제 일 같습니다."

"자샤! 그 시합 덕분에 벼락출세한 줄이나 알아."

"알아 모시겠습니다. 선배님."

김영석이 머리를 꾸벅 숙였다.

임경수와의 인연으로 동기들보다 빠르게 승진한 것은 사실이었다.

물론 임경수의 입장에서는 능력이 되니까 이끌어 준 것에 불과했지만 말이다.

*　　*　　*

찍혔으니 망할 거라는 여러 사람들의 예상을 깨고 강유진은 전략사업부로 발령이 났다.

얼마 지나지 않아 전략사업부가 대성그룹의 미래라는 말이 그룹내부에서 공공연하게 나돌았다. 사석에서 그룹의 임원끼리 나눈 이야기를 누군가 엿들었던 것이다.

IMF 상황에서 그룹의 명운을 걸고 만들어진 분서가 전략사업부다!

소문은 일파만파로 퍼져 나갔다.

배경이 있는 사원들은 전략사업부에 들어가기를 소망했다.

그러나 전략사업부만큼은 혈연 지연 학연으로도 들어갈 수 없었다.

배경으로도 안 된다는 게 알려지자 전략사업부는 그룹 내에서 꿈의 부서로 자리매김 됐다.

김안나는 요즘 살맛이 났다.

기획실에 있다가 전략사업부로 발령이 난 탓이다.

금상첨화라고, 그곳에서 신입 사원 강유진까지 다시 만났다. 김안나는, 물론 일방적이긴 하지만, 모든 게 운명이라고 믿었다.

김안나는 출근하자마자 강유진의 책상부터 닦았다.

본래는 하지 않아도 되는 일이다.

만약 누군가 꼭 그 일을 해야 한다면 부장의 책상부터 닦는 게 순서다. 그러나 김안나는 강유진의 책상만 닦았다.

사실 사무실의 책상은 인턴들이 와서 닦았기에 그러지 않아도 된다.

실제로 강유진이 몇 번 만류한 적도 있다.

그러나 김안아는 중단하지 않았다.

김안나에게 있어 강유진의 책상정리는 일이 아니라 애정이었기 때문이다. 물론 이것도 일방적인 것이긴 하다.

김안아는 책상 위에 놓인 자료를 보며 고개를 갸웃거렸다.

대부분 아르헨티나 지사와 투자처에 대한 파일이다.

강유진은 아르헨티나에 개설한 지사를 철수시키는 일을 진행하고 있었다. 투자금을 회수하는 것도 그가 맡은 일이었다.

모두가 디폴트라는 그의 별명이 부른 재앙이다.

강유진에게는 아르헨티나에 투자된 금액을 유로지역으로 돌리는 일이 맡겨졌다.

그것도 내년까지 끝내야 한다.

대외비인 그 프로젝트의 이름은 '터치다운' 이다,

지난 15년간 투자한 돈을 1년 안에 손실 없이 회수할 수 있을까? 그것을 유로지역에 재투자해서 수익을 낼 수 있을까?

김안나는 불가능한 일이라고 생각했다.

강유진도 알고 있을 것이다.

그런데 그는 불평 한마디 없이 그 일을 하고 있었다.

그것만 하는 게 아니다.

중국을 대상으로 동시 진행하는 프로젝트 '오시리스' 도 있다.

물론 혼자서 하는 게 아니다.

전략사업부 전체의 절반이 그가 하는 프로젝트에 직접 간접으로 관여되어 있었다. 그렇다고 해도 신입 사원에게는 과분한 일임에 틀림없다. 그런데 호랑이로 소문난 한무열 부장이나 까칠한 백인호 과장이 그걸 용인하고 있었다. 아니 어떤 면에서는 그에게 일을 더 시키지 못해 안달난 사람들처럼 보였다.

덕분에 강유진은 외근이 잦았다.

전략사업부의 대부분이 그렇듯이 그도 종잡을 수 없었다.

복장 자유라는 말이 떨어지기 무섭게 양복을 벗어 던졌고, 출퇴근 시간 자유라는 말이 무섭게 모범 개근 사원의 이미지를 버렸다.

그런 그를 불편하게 바라보는 사람도 없지 않다.

박문도 대리가 특히 심했다.

그는 사무실에서 유일하게 강유진을 디폴트라고 부르는 사람이었다. 대부분의 사람들이 그가 불편해할까 봐 이름을 불렀는데,

박문도 대리만 끝까지 별명을 사수했다. "강유진 씨"가 아니라, 그냥 "어이 디폴트" 혹은 "어이 잔머리" 라고 불렀다.

문이 벌컥 열리며 박문도 대리가 들어왔다.

"안녕하세요? 대리님."

"어, 그래. 안나 씨, 잔머리 아직 출근 안 했어?"

오늘도 박문도 대리는 강유진부터 찾았다.

"아직 공식 출근 시간 안됐는데요."

"선배와 상사가 나왔는데 신입이 아직 안 나오면 안 되지."

김안나가 보이지 않게 입술을 삐죽였다.

괜히 선배인 자신까지 팔아서 그를 비난하는 게 마음에 들지 않았다.

더구나 출퇴근 시간에 얽매이지 말라는 지시가 있음에도 출근 시간 운운 하다니!

그러는 동안 박문도 대리와 5분 정도의 차이로 강유진이 들어왔다.

"안녕하십니까?"

강유진의 인사에 김안나가 환하게 웃으며 고개를 까닥였다.

"어서 오세요. 유진 씨, 오늘 아침에 좀 쌀쌀하지 않았어요? 난 춥던데."

10월인데 아침에 갑자기 추워져서 해 본 소리다.

강유진이 웃으며 말을 받았다.

"네, 그렇더라고요."

박문도 대리는 김안나의 다정한 인사가 못마땅했다.

자신에게는 인사만 하고 강유진에게는 사적인 말도 덧붙여서다.

그렇다고 농담으로라도 김안나에게 뭐라고 할 수는 없었다. 김안나는 대성그룹본사에서 손에 꼽히는 미녀였기에 부하라고 해도 조심스러웠다.

결국 애꿎은 강유진에게 핀잔을 주는 수밖에 없었다.

"어이, 신입. 일찍 좀 다니자. 선배님과 상사보다 늦어서야 되겠냐?"

그래도 찔리는 게 있는지 평소 쓰지도 않던 신입이라는 말까지 했다.

"알겠습니다."

강유진은 짧게 답하고 자리에 가서 앉았다.

물론 말 뿐이다. 지금보다 더 빨리 출근할 생각은 없었다.

회사의 눈치를 살피느라 일찍 나오고, 퇴근 시간이 지나서까지 엉덩이를 붙이고 있는 건 적성에 맞지 않았다.

제9화

사랑의 힘

강유진은 전략사업부의 핵심 요원이었지만 그가 직접 결정하는 건 없었다. 아무리 그의 분석과 기획력이 우수하다고 해도 이제 겨우 신입 사원인 까닭이다.

강유진이 아르헨티나 지부의 자산 정리와 투자금 회수를 기획하면 한무열 부장이 윗선에 재가를 받아 처리했다. 기획안이 통과되면 강유진은 다시 몇 명의 직원들과 함께 아르헨티나의 실무자들이 시간을 지키는지를 확인하고, 독촉하는 일을 했다.

유럽으로의 재투자도 마찬가지 방식이었다.

강유진이 재무 상태가 건전한 회사를 골라 주요 투자 품목을 추천하면 한무열 부장이 결재판을 들고 뛰어다녔다. 경영진에게 직접 보고하러 가는 것이다. 유럽에의 재투자는 대부분 한무열 부장과 백인호 과장이 직접 현지를 답사하고 나서 결정했다.

유럽에 비해 상대적으로 투자금의 단위가 큰 중국에는 상무가 나섰다.

11월이 됐을 때, 전략사업부의 직원들 가운데 절반은 강유진이 올린 기획에 따라 움직이고 있었다.

나머지 직원들은 만에 하나라도 있을지 모를 리스크 분담 차원에서, 이전부터 대성그룹이 추진해 왔거나 기획했던 일들을 맡았다.

몸이 열 개라도 모자라 보이는 강유진이었지만 그의 퇴근 시간은 변함이 없었다.

오후 6시가 되자 강유진은 자리에서 일어섰다.

그런 그를 향해 2명의 대리들이 몰래 엄지손가락을 치켜세워 보였다. 신입인 강유진이 정시 퇴근을 해 주는 덕에 다른 사람들도 빨리 갈 수 있었던 것이다.

물론 박문도는 그런 강유진에게 오늘도 잔소리를 해 댔다.

"야아! 잔머리! 너 신입이 그렇게 일찍 일어나면 어쩌자는 거야? 다른 사람들 아직 앉아 있는 거 안보여?"

"네, 그래서 저는 초과 수당 안 받지 않습니까? 수고하십시오."

부장과 과장이 해외 출장 중이라 강유진은 대리들에게 꾸벅 인사를 하고 걸어 나갔다.

김안나가 재빨리 자리에서 일어나 꾸벅 인사를 했다.

"저도 이만 퇴근할게요."

김안나를 시작으로 여직원들이 하나둘씩 가방을 들고 일어섰다.

박문도 대리는 퇴근 카드를 늦게 찍고 싶었지만, 대세를 따르는 수밖에 없었다.

그러면서도 한 마디 던지는 걸 잊지 않았다.

"IMF로 다들 눈치 보면서 일하는데 우리 부서만 너무 칼퇴근하는 거 아닌가 몰라. 신입 하나 잘못 들어와서 이게 무슨 일이래. 이러다가 나중에 깨지지나 않을까 모르겠네."

박문도와 동기인 김수남 대리가 슬쩍 다가갔다.

"박 대리, 나 좀 봐."

"왜?"

김수남 대리는 박문도를 직원 휴게실로 끌고 갔다.

"적당히 갈궈. 박 대리가 지금 뭘 모르는 거 같은데, 그러다가 후회한다."

"내가 뭘 몰라?"

"강유진 말이야. 사사건건 너무 트집 잡지 말라고. 박 대리 만 눈에 띄잖아. 동기니까 걱정돼서 하는 말이야."

"아니, 대리가 신입 사원 교육시키는 데 어때서?"

"소문 못 들었나본데. 강유진 걔 보통 아니야."

"전략사업부에 발령받은 사람치고 보통이 있나? 원 별 시답지 않은 소리를."

"대성그룹은 능력을 최우선으로 여겨. 너도 알잖아? 막말로 이러다가 걔가 너를 추월하면 어쩔 건데? 너 이삼 년 후에 걔 얼굴 똑바로 쳐다볼 자신 있냐?"

"아, 진짜! 말이 되는 소리를 해라. 신입 사원이 어떻게 대리를 추월해? 나는 그동안 놀고 있나? 나도 나름 능력 있는 남자라고."

"하아! 이젠 동기의 충고도 무시하는구나. 알아서 해라. 난 모르겠다."

김수남 대리가 머리를 설레설레 흔들며 나갔다.

휴게실에 혼자 남은 박문도 대리는 담배를 한 대 꺼내 입에 물었다. 김수남 대리가 한 말을 생각하니 더 짜증이 난다.

"대리가 신입 사원 눈치를 보다니? 미친 거 아냐?"

박문도는 담배를 몇 모금 빨다가 신경질적으로 재떨이에 비벼 껐다.

담배 맛도 떨어져 버렸다.

*　　*　　*

강유진은 전철에서 내려서 동네 골목길을 걷다가 우뚝 멈춰 섰다.

'응?'

어디선가 감미로운 피아노 연주 소리가 들려 왔다.

캐논 변주곡이다.

저녁노을을 온몸으로 받으며 듣고 있으려니 가슴이 뭉클했다.

저도 모르게 소리를 따라 갔다.

눈앞에 "예원 피아노 학원"이라는 간판이 보인다.

집으로 가는 길에 수도 없이 지나쳤던 학원이다. 그런데 눈에 보이지도 않던 간판이 오늘따라 빛이 나는 느낌이다.

강유진은 망설이지 않고 계단을 올라갔다.

현관의 투명 유리문을 열고 안으로 들어가자 피아노 소리가 더 선명해졌다.

넓은 대기실 한쪽에 '사무실'이라고 쓰인 문이 보였다.

강유진은 사무실의 문을 "똑똑" 두드린 뒤에 살짝 열었다. 내부의 피아노 소리 때문에 듣지 못했을 수도 있다고 생각해서다.

책상에 앉아 있던 여자가 엉거주춤 일어섰다.

"네, 무슨 일로 오셨어요?"

여자는 이십 대 중반으로 보였다.

"피아노를 배워 볼까 해서 와봤습니다."

여자, 신예원의 얼굴에 화사한 미소가 떠올랐다.

“아! 본인이 배우시게요?”

“네, 지나가는 길에 들었는데 너무 소리가 아름다워서요.”

신예원은 가만히 피아노 소리를 듣다가 웃으며 말했다.

“후후, 저건 ‘캐논 변주곡’이에요. 수정이가 크리스마스 연주회 때 발표한다고 연습 중이거든요.”

“아, 그렇군요.”

“전에 피아노를 치신 적 있으세요?”

“없습니다.”

“흐음, 그럼 기초부터 시작하셔야겠네요?”

“네, 시키는 대로 다 하겠습니다.”

“시간은 언제가 편하세요?”

“저녁 7시 이후면 좋겠습니다. 그때쯤 퇴근을 해서요.”

“네, 그럼 7시 30분으로 할게요.”

말과 함께 신예원이 교습신청서를 내밀었다.

“여기 간단한 양식을 작성해 주세요. 성인이시니까 아이들처럼 학원비 봉투는 안 드릴게요. 대신 교습 신청서에 주소와 연락처만이라도 기록해 주세요.”

“교습비는 얼마인가요?”

“성인은 한 달에 10만원을 받아요. 교습 시간은 1시간 정도고요.

그런데 언제부터 나오실 건가요?"

"저는 빠를수록 좋습니다."

강유진은 당장 오늘부터라도 시작하고 싶었다.

신예원이 웃으며 고개를 끄덕였다.

"원래 스케줄이 꽉 차서 오늘부터는 힘든데, 제가 시간을 내 볼게요. 기초 과정의 책은 학원에 아이들이 버린 책이 있으니까 그거로 하시면 돼요. 나중에 하농이나 체르니 칠 때 되면 새로 사시고요."

"네, 감사합니다."

강유진이 작성한 교습 신청서를 정중히 여자에게 돌려줬다.

신청서를 받으며 신예원이 자기소개를 했다.

"강유진 씨군요. 저는 여기 원장이에요. 이름은……."

말하다 말고 신예원은 책상 위에서 명함 하나를 꺼내 강유진에게 건넸다.

"명함 쓸 일이 별로 없어서요."

"아, 네."

강유진이 웃으며 신예원의 명함을 주머니에 집어넣었다.

그렇게 강유진의 피아노 배우기가 시작됐다.

신예원의 표현에 의하면 강유진은 마치 "피아노를 위해 태어난 사람"같았다.

한 번 본 것은 잊지 않는 천재적인 기억력에, 유연하면서도 힘이 넘치는 육체, 그리고 가늘고 곧게 뻗은 손가락까지!

신예원은 강유진을 가르치면서 신세계를 경험해야 했다,

피아노는 악보와 요령을 배우는 것보다, 그것들을 몸에 익히는 것이 더 중요하다.

그래서 같은 곡을 무수히 반복해서 치게 했다.

하지만 강유진의 경우는 예외였다.

강유진은 몇 번 연습하면 그것에 더할 나위 없이 익숙해졌다. 지도에 엄격한 신예원이었지만 진도를 빨리 나가지 않을 수가 없었다.

한 달 만에 바이엘을 다 떼고 하농으로 넘어갔다.

다시 한 달이 지나자 강유진은 체르니를 치고 있었다.

이래도 되나 싶을 정도로 엄청난 속도였다.

2001년이 되자 마침내 강유진은 자신이 원하는 곡들을 연주할 수 있게 되었다.

당장 피아노를 한 대 들여다 놓았다.

봄이 되자 신예원은 강유진에게 "더 이상 교습소에 나오지 않아도 된다"고 했다.

피아노 교습소를 다닌 지 6개월 만의 일이었다.

강유진은 퇴근하고 집에 가면 피아노를 쳤다.

마치 피아노 독주회를 준비하는 연주자라도 되는 양, 하루도 빼먹지 않고 피아노를 쳤다.

집에는 각종 악보가 쌓여 갔다.

*　　*　　*

여름이 되자 대성그룹 임직원들의 눈이 전략사업부로 쏠렸다.

D그룹이 운영하던 증권사 3개가 영업정지를 당했고, 투자했던 은행이 폐쇄 조치를 당했다. 그 바람에 대성그룹은 2001년도 신입사원 공채를 건너뛰었다. 대성그룹이 공중분해를 당하느냐 마느냐의 기로에 선 터라 아무도 이의를 제기하지 않았다. 이미 D그룹의 해체로 대마불사(大馬不死)라는 믿음도 깨진 상태였다.

상황이 이러니 전략사업부로도 역부족이었다.

비슷한 업종의 기업을 인수합병해서 돌파구를 마련해 보려고 했지만, 결과는 신통치 않았다.

그나마 다행인 것은 해외투자에서 이익을 보기 시작했다는 점이다. 사람들은 "해외에서 번 돈을 국내에 쏟아 붓는다"고 말했다.

2001년 여름, 해외투자는 거의 강유진이 기획한 대로 흘러가고 있었다.

유럽과 중국에서의 성공 덕분에 강유진은 입사한지 일 년 만에 대리로 승진했다. 대리가 되면서 강유진은 더 이상 박문도의 잔소리를 듣지 않아도 됐다.

전략사업부의 대리는 강유진까지 포함해서 전부 4명.

직원이 다섯이라는 걸 감안하면 많은 숫자다.

대리 중에 하나가 과장이 되던지, 직원이 더 보강되든지 해야 할 판이다. 대부분의 사람들은 강유진이 과장으로 올라갈 거라고 예측했다.

마침내 2001년 8월 23일.

대한민국은 IMF 구제금융 195억 달러 전액을 상환함으로 IMF 체제에서 벗어났다.

그때까지 숨죽이고 있던 기업들은 다시 기지개를 켜고 일어났다.

언제 IMF가 있었냐는 듯 투자와 자본의 유치가 활발해졌다.

초고속으로 IMF를 졸업해 버리자 사람들은 해외 투기 자본의 농간에 놀아나서 IMF가 왔다고 주장하기도 했다. 어느 쪽의 주장이 사실인지는 모르지만 한국의 경제는 다시 약동하기 시작했다.

많은 기업이 사라지고, 그 자리를 새로운 기업이 대신했다.

사람들은 대성그룹이 끝내 무너지지 않은 이유를 전략사업부에서 찾았다.

대기업들은 너도나도 전략사업부를 만들었다.

*　　*　　*

12월이 되자 전략사업부는 조금씩 한가해졌다.

한무열 부장과 백인호 과장도 잦은 해외 출장에 지쳐 축 늘어진 것 같았다.

한 해 동안 바쁘게 뛰어다녔던 직원들도 결산과 종무식만 신경 써서 준비하고, 나머지는 흘러가는 대로 두고 보는 분위기였다.

그 와중에 강유진의 디폴트 예견은 서서히 잊혀졌다.

20일이 넘어가자 사람들은 강유진이 면접에서 잔머리를 굴렸다고 말했다. 그중에서도 말을 가장 많이 더하는 사람은 역시 박문도 대리였다.

사람들의 뒷담화에도 강유진은 피식 웃기만 했다.

그러나 2001년 12월 23일에 일이 터졌다.

아돌포 로드리게스 사아 아르헨티나 임시 대통령이 "1천320억 달러에 달하는 대외부채 상환을 중단한다"면서 디폴트 선언을 한 것이다.

이튿날 24일은 월요일이었다.

오전의 일과가 끝나 갈 무렵, 강유진은 비서실장에게 불려갔다.

"어서 오게. 일 년 만인가?"

임경수가 웃으며 손을 내밀었다.

강유진이 그의 손을 맞잡으며 담담하게 말했다.

"네, 작년 연수회 때 뵙고 첨이네요."

임경수가 강유진을 소파로 데리고 갔다.

"앉지. 솔직히 그날은 자네를 보러 갔던 거야. 인사과장이 사석에서 하도 자네 이야기를 해서 말이야. 인사과장이 대학 동아리 후배거든."

"별로 자랑할 만한 건 없었다고 생각하는데요."

강유진은 전략사업부에 있으면서 자신이 "대학 균형 발전을 위한 특별채용대상자"였다는 걸 알았다. 과거에 몰랐던 부분이다.

그걸 알고 난 이후에 기분이 씁쓸했었다.

"자네는 대단한 인재야. 자신을 비하하지 말게."

"제가 특채자였다는 건 알고 있습니다. 전략사업부가 좋기는 하더군요. 그룹의 정보를 다 볼 수 있으니 말입니다."

"난 특별채용대상자라는 이름은 자네에게 딱 맞다고 생각하는데. 세상 어디에서 자네와 같은 인재를 만날 수 있다고? 우리 그룹이 IMF 상황에서 본전치기를 한 건 전적으로 자네의 공이야."

강유진은 피식 웃고 말았다.

확실히 과거의 대성그룹은 자회사 몇 개를 팔아서 부채를 청산했었다. 그러나 지금은 IMF이전과 같은 외형을 유지하고 있다. 내부적으로 보면 오히려 재무구조가 더 탄탄해졌다. 정리 해고나 자산 매각도 없이 공룡 같은 몸집을 유지한 건 자신의 중국 공략 덕분이었다.

"어제 뉴스를 보았네. 자네의 예측대로 아르헨티나가 디폴트를 선언하더군. 급하게 처분하느라 약간의 손실을 입었지만, 다른 기업들에 비하면 새 발의 피야. 다들 우리를 이상한 눈으로 보고 있다네. 덕분에 우리 연구소의 이름만 높아졌지."

요즘 대성그룹의 경제연구소는 청와대까지 불려 다닌다. IMF라고 하는 거친 바다를 외적인 변화 없이 순항한 능력을 인정받은 것이다.

"그런데 저를 부르신 이유는 뭔가요?"

강유진은 임경수가 말을 돌리자 본론으로 치고 들어갔다.

"잠시만 기다리게. 자네를 부른 건 내가 아니라 사장님이니까."

"예?"

강유진이 놀란 눈으로 임경수를 바라보았다.

임천수 사장이 왜 자신을 보자고 하는지 얼핏 이해가 가지 않았다.

임경수는 그제야 인터폰으로 사장실에 연락을 했다.

"이런, 깜빡했네. 자네가 오면 바로 사장님을 부르기로 했는데 말이야. 사장님은 자네를 그쪽으로 부르려고 했지만 내가 반대했네. 대리가 사장실에 드나드는 건 너무 튀어 보이니까 말이야. 자네도 여기가 마음이 편할 걸세."

"그렇기는 합니다만, 사장님이 왜 저를 보자고 하시는지. 알 수 있겠습니까?"

"이유는 무슨. 그냥 얼굴 보고 싶어서 그러는 거지. 차라도 한잔하면서 기다리지? 김다민 씨, 잠깐만 들어와요."

김다민이 사무실로 들어오자 임경수가 강유진에게 물었다.

"강 대리는 무엇으로 마실 텐가?"

"커피면 됩니다."

"그래? 그럼 나도 커피."

임경수가 김다민에게 눈을 찡끗해 보였다.

"네, 알겠습니다."

김다민은 그런 임경수의 장난에 익숙한 듯 별반 반응을 보이지 않았다.

김다민이 나가자 임경수가 웃으며 말했다.

"우리 비서실의 꽃으로 유명한 아가씨야. 하버드를 나왔지. 4개 국어를 모국어처럼 사용해. 뛰어난 비모에 스펙까지, 어디 내놔도 꿀릴 게 없는 사람이야."

"대단하군요."

강유진의 입에서 탄성이 흘러나왔다.

"요즘 입만 열면 자네 얘기를 해서 내가 일부러 불러준 거라네. 우리 그룹에서 저 아가씨보다 자네의 인기가 더 높다는 건 알고 있나?"

"하하, 그럴 리가요. 저는 평범한 샐러리맨에 불과한데요."

"이 사람 시치미는. 자네는 여름부터 과장급 월급을 받고 있지 않나. 자네 나이에 과장급 대우를 받는 대리는 창사 이래로 없었다고. 그래서 사장님과 내가 고민 중이고 말이야."

"……."

강유진은 반박하지 않았다.

입사 2년차 대리인 자신의 월급이 과거 차장 시절에 받던 금액과 비슷했다. 성과급으로 조금씩 인상되다 보니 그렇게 된 것이다.

"자네도 알다시피 우리 그룹에서는 흔히 말하는 5, 6, 7 단계를 기본으로 하고 있다네. 사원5년, 대리6년, 부장7년이지. 그런데 자네는 입사 1년 만에 대리가 되었어. 2년차에는 과장 대우를 받고 있지. 이미 그룹 내부에서 자네의 이름은 신화라고."

"부끄럽습니다."

말과 달리 강유진의 얼굴은 무덤덤했다.

"하하! 아무렇지도 않은 얼굴로 그런 말하지 말게. 그나저나 이제 아르헨티나까지 디폴트 선언을 했으니 다들 나자빠질 거야. 어떻게 할 거야? 이 분위기를?"

"예? 뭐를요?"

"사장님께서 오시면 자네에게 물어볼 거야. 과장으로 승진하기를 원하냐고. 자네의 생각은 어떤가?"

"너무 빠른 거 아닙니까? 저는 대리가 된지 이제 1년인데요."

"나도 그렇게 말했지만 사장님 생각은 다른가 봐. 하여튼 사장님을 만나 보고 결정하게."

"예."

그즈음 김다민이 커피를 들고 조신하게 들어왔다.

김다민이 커피를 내려놓고 돌아서자 임경수가 짓궂게 물었다.

"김다민 씨, 강 대리를 가까이서 보니 어때요? 소문처럼 그렇게 피부가 고와 보여?"

"푸훗! 네, 강 대리님, 혹시 피부 관리 받으세요? 피부가 너무 좋으세요."

갑작스러운 질문에 강유진은 얼굴을 붉혔다.

"아닙니다. 자연 피부입니다. 제가 원래 피부 미인 소리를 들으면서 컸습니다."

"어머, 너무 부러워요."

김다민이 쭈뼛거리며 나갈 생각을 하지 않자 임경수가 끼어들었다.

“김다민 씨, 뭘 그렇게 침을 흘리고 서 있어? 그만 서 있고 가서 일이나 하라고. 그렇게 노골적으로 보면 강 대리 얼굴이 닳는다고.”

“피이! 알겠습니다.”

입술을 삐죽이던 김다민이 나갔다.

임경수는 강유진에게 소소한 질문을 던졌다.

그 내용은 모두가 신변잡기에 불과한 것들이었다. 직원들의 관리 차원이라기보다는 개인적인 관심으로 그러는 것 같이 보였다.

두 사람이 잡담으로 노닥거린 지 5분쯤 지났을까?

기다리던 임천수 사장이 등장했다.

“강 대리, 실물이 훨씬 낫네?”

임천수 사장이 강유진과 악수를 나누며 한 소리다.

잠시 비서실장과 사담을 나누던 임천수 사장이 강유진에게 고개를 돌렸다.

“강 대리 덕분에 내가 요즘 목에 힘주고 다니는 거 아나?”

“…….”

“재계에서는 나를 마이더스의 손이라고 불러. 마이더스는 무슨, 마이너스나 아니면 다행이지.”

“하하!”

임경수는 커다랗게 소리 내 웃었지만 강유진은 그러지 않았다.

일개 대리가 그룹의 사장 앞에서 보일 수 있는 행동이 아닌 까닭이다.

그런 강유진을 임천수 사장이 지그시 바라보았다.

“나는 처음에 임 실장의 말을 믿지 않았어. 한 개인이 연구소급의 분석과 기획을 할 수는 없으니까. 그러다가 어제 뉴스를 보고서 깨달았지. ‘아! 이런 게 바로 뛰는 놈 위에 나는 놈 있다는 말이구나’ 하고 말이야”

“과찬이십니다.”

“아니야. 자네는 칭찬받는 게 어색하겠지만 참으라고. 자네는 그럴 만한 사람이니까. 사실 그동안 내사과에서 자네의 뒷조사를 좀 했네. 자네 손에 그룹의 사활이 걸려 있어서 어쩔 수 없었지. 그 점은 자네가 양해를 해 줘야 하네. 우리에게 자네는 그야말로 하늘에서 뚝 떨어진 사람이었으니까.”

“이해합니다.”

“27살의 혈기왕성한 나이인데 스캔들 하나 없어. 혹시 자네 고자인가?”

“아닙니다. 원기 왕성한 남자입니다.”

“그거 정말 다행이로군. 아, 혹시 게이는 아니겠지?”

“예, 저는 이성에게만 성적으로 끌립니다.”

“올해 사보를 보았나? 앙케이트에서 그룹의 여직원들이 데이트하고 싶은 남자의 1위로 자네가 뽑혔어. 가을동화에 나오는 원빈,

송승헌도 이기고 자네가 1위를 한 거야. 그런데 만나는 여자도 없더라고. 처음에는 피아노 학원의 원장과 사귀는 줄 알았어. 그런데 알고 보니까 피아노를 배우러 다닌 거였어. 거기 원장이 자네 같은 천재는 처음 본다고 칭찬을 했다더군. 그런데 여담이네만 피아노는 갑자기 왜 배운 건가? 내사과에서는 '음악으로 스트레스를 풀고 평정심을 유지하기 위해 배운 것 같다' 고 하던데……."

강유진이 웃으며 말했다.

"아닙니다. 사랑하는 사람을 위해서 배웠습니다. 그녀가 피아노 치는 남자를 좋아해서요."

"허! 사랑하는 사람이 있었나?"

"정말인가? 밖에 알려지면 여러 사람 울겠군."

임천수와 임경수 형제는 놀란 얼굴이다.

임천수가 급히 물었다.

"그 복 받은 여자가 대체 누군가?"

"아직 상대는 저를 모릅니다."

"짝사랑?"

"헐! 믿어지지 않는군."

강유진은 두 사람의 반응에 머쓱한 표정을 지었다.

그 짝사랑의 상대가 이제 스무 살인 자신들의 조카라는 걸 알면 기겁을 할게다.

한참 만에 임천수가 중얼거렸다.

"여기저기서 소개해 달라는 부탁을 받았는데 포기하라고 해야겠군."

"사장님도 그런 부탁을 받았습니까? 저도 그런데……."

임천수와 임경수는 어딘지 아쉽다는 얼굴이다.

딸을 둔 지인들에게 좋은 기회였는데 날아갔으니 그럴 만도 하다.

잠시 후 임천수가 입을 열었다.

"그건 그렇다 치고, 잠시 일이야기를 하세나. 비서실장에게 들었을 걸세. 자네가 지금 과장 대우를 받고 있어서 말인데…… 업무의 효율성을 위해서라도 아예 내년에 정식으로 발령받는 건 어떻게 생각하나? 대리보다는 과장이 일하기에 수월하지 않겠나?"

"아닙니다. 저는 지금처럼 그냥 과장 대우로 만족합니다."

"일을 추진하는 데 어려움은 없겠나? 전략사업부는 이제 대성그룹의 심장과도 같네. 심장이 제대로 움직이지 않으면 그룹은 휘청거릴 수밖에 없어."

"괜찮습니다."

강유진은 진심으로 사양했다.

대성그룹에서 대리와 과장은 하는 일부터가 다르다. 자신이 총무과 차장으로 오래 근무해 봐서 과장의 책임과 고충을 누구보다 잘

안다. 지금 과장이 되라는 말은 더 일하라는 소리다. 그러나 솔직히 자신은 일보다는 행복을 찾고 싶었다.

임천수는 아쉽다는 듯 입맛을 다셨다.

평양 감사도 제가 싫으면 그만이라는데, 더 강권하기도 미안했다.

직장인들의 꿈이 승진인데, 왜 저렇게 경기를 일으키는지 이해가 가지 않았다.

'완고한 얼굴을 보니 과장이 정말 싫은 모양이군.'

임천수는 결국 강유진을 과장으로 끌어올리지 않기로 했다.

"살다 살다 승진 마다하는 사람은 처음 보는군."

임천수가 고개를 설레설레 저었다.

"그러게 보통이 아니라고 하지 않았습니까."

임천수는 기이한 눈으로 강유진을 바라보았다.

처음 만나는 자리임에도 왠지 얼굴이나 분위기가 낯설지 않다.

심지어 오래전부터 알고 지내던 사람 같다.

결국 임천수는 묻지 않을 수 없었다.

"강 대리, 혹시 우리가 전에 만난 적이 있나?"

"현생에는 없는 것 같습니다. 하지만 불교의 인연으로 보자면 전생에 부자지간이었는지도 모르죠."

"하하! 전생의 인연이라. 그것 참…… 묘하군. 자네가 남 같지 않아서 물어본 걸세."

강유진은 속으로 '남으로 남지 않도록 최대한 노력해 보겠습니다' 라고 중얼거렸다.

강유진과 임천수의 면담은 그렇게 끝이다.

*　　*　　*

12월 24일.

크리스마스이브라서 그런지 직원들은 다들 들뜬 얼굴이다.

강유진이 비서실장에게 불려간 동안 강유진의 책상에는 초콜릿들이 쌓여갔다. 마음 약한 여직원들이 크리스마스 선물로 몰래 놓고 간 것들이다.

박문도 대리가 부럽다는 얼굴로 강유진의 책상 주변을 맴돌았다.

손만 뻗으면 하나 집어 갈 수 있지만 박문도는 그러지 못했다.

대리라고 다 같은 대리가 아니다. 강유진은 이미 과장 대우를 받고 있는 몸이다. 그런 강유진의 책상에서 뭔가를 무단으로 가져간다는 건 미친 짓이었다.

"박 대리님, 하나 가져가세요."

뒤에서 들려오는 소리에 박문도가 흠칫 놀라 돌아보았다.

언제 왔는지 강유진이 서 있었다.

"아! 강 대리, 안 그래도 되. 나 초콜릿 별로 안 좋아해."

문득 박문도는 '여우와 신포도'라는 이솝 우화가 떠올랐다. 초콜릿을 싫어한다고 둘러댄 지금의 자신은 딱 여우 꼴이었다.

"그래도 하나 가져가세요."

강유진이 초콜릿 상자를 하나 집어서 박문도의 손에 쥐어 주었다.

박문도가 멋쩍은 미소로 초콜릿을 받고는 제자리로 돌아갔다.

김안나와 여직원들이 그런 박문도의 뒤통수를 무서운 눈으로 노려보았다.

백인호 과장이 고개를 내밀고 주책 맞게 소리쳤다.

"강 대리, 비서실장님이 뭐래? 과장으로 발령 내준다고 하시지?"

"아, 저어, 그게……."

"아직 마음 안정했어? 부장님과 나는 이미 OK했다고. 그러니까 강 대리도 너무 부담 갖지 마."

백인호 과장의 말에 여직원들이 박수부터 쳤다.

"어머! 축하드려요! 대리 찍고 바로 과장되시는 거예요?"

"세상에! 2년 만에 과장이시라니! 초고속이시네요!"

김수남 대리가 "축하한다"고 말하고는 박문도 대리를 향해 목이 잘리는 시늉을 해 보였다.

박문도 대리의 얼굴이 하얗게 질려 갈 즈음이다.

자리에서 일어난 강유진이 손을 들어 분위기를 가라앉힌 뒤에 말했다.

“아닙니다. 다 알고 계신 것 같은데 솔직히 말씀 드릴게요. 승진이 너무 빠른 것 같아서 정중히 거절했습니다. 그냥 지금처럼 과장대우로만 남기로 했습니다. 그러니까 축하는 나중에 먼 훗날 받도록 하겠습니다.”

…….

강유진의 설명에 직원들은 모두 멍한 얼굴이다.

회사원이 승진을 거부하다니?

이건 쿨(cool) 해도 너무 쿨 하다.

잠시 후 정신을 차린 여직원들이 더 세게 박수를 쳤다.

“강 대리님! 멋지세요!”

“다음에는 사양하지 마세요!”

대리들은 강유진의 배포에 졌다는 듯 고개를 설레설레 저었다.

확실히 저런 남자는 드물다.

잘생긴 외모에 능력만 있는 줄 알았더니 주변 사람들을 배려하는 마음까지 갖추었다니!

남자직원들은 강유진이 상대적으로 박탈감을 느낄 동기와 선배들을 배려해 거절한 것으로 착각하고 박수에 동참했다.

전략사업부는 마치 커다란 계약을 따낸 직후처럼 자축하는 분위기였다.

퇴근 시간이 다가오자 강유진의 전화통에 불이 났다.

모두가 "오늘 밤 크리스마스이브의 파티에 참석해 달라"고 초대하는 전화다.

강유진은 선약이 있다는 이유로 모두 거절했다.

마침내 퇴근 시간.

강유진은 여느 때처럼 가장 먼저 자리에서 일어났다.

사람들도 시계를 확인한 뒤에 하나둘씩 조용히 소지품을 챙겼다.

곧이어 떠들썩한 크리스마스 인사와 함께 사람들이 사무실 문을 나섰다.

마지막으로 나가던 사람이 사무실의 불을 껐다.

2001년까지 숨 가쁘게 달려가던 전략사업부가 어둠에 잠겼다.

제10화

당신은 누구신가요?

집으로 돌아간 강유진은 옷장에 고이 보관하고 있던 검은 양복을 꺼냈다.

먼저 눈부시게 하얀 셔츠를 입고, 파란 바탕에 붉은 빗살무늬가 돋보이는 넥타이도 멨다.

동작 하나하나가 신중하기 그지없다.

마치 전쟁터에 나가는 전사처럼 비장미마저 흘러넘쳤다.

강유진은 마지막으로 오늘을 위해 아껴 두었던 새 양말에 새 구두까지 꺼내 신었다.

그리고 현관을 열고 밖으로 나갔다.

그의 기분을 알아주기라도 한 듯 눈이 내리기 시작했다.

강유진은 주차장으로 성큼성큼 걸어갔다.

잠시 후 붉은색의 페라리 360 모데나가 주차장을 조심스럽게 빠져나갔다.

부우우웅.

엔진 배기량 3600cc에 최대출력 400마력의 자동차가 골목길을 지나가자 사람들의 시선이 모아졌다.

눈발이 흩날리기 시작해서 운전하기에는 좋지 못한 날씨다.

하지만 강유진은 크게 신경 쓰지 않았다.

초인적인 동체시력과 순발력을 믿어서가 아니다. 최악의 경우 차를 공중으로 들어 올릴 수도 있는데, 눈길이 뭐가 문제란 말인가!

페라리 360은 받은 연봉을 모조리 쏟아 부어서 산 차다.

강유진은 난생처음 타보는 슈퍼카의 힘에 처음에는 애를 먹었다. 그러나 그것도 잠깐이다. 이내 부드럽게 차를 몰고 도로 위로 나갔다.

엔진 소리가 가슴을 울린다.

언젠가 임지연이 한 말이 떠올랐다.

"자동차를 좋아해요. 운전석에서 우렁우렁한 엔진 소리를 들으면 심장이 막 쿵쾅거리고 좋았어요. 연구실에만 있다가 운전

한 번 하면 가슴이 뻥 뚫리는 기분이었지요. 나중에는 자동차 모형을 책상에 진열해 두기까지 했어요."

그때는 그런가 보다 했는데, 과연 직접 들어 보니 그럴 만도 하겠다는 생각이 든다.

붉은색 페라리는 강남에 있는 카페 샤갈의 주차장으로 들어갔다.

차 안에서 강유진은 시간을 확인했다.

7시. 아직 초저녁이다.

임지연은 이날 카페에서 처음으로 피아노를 제대로 연주하는 남자를 보았다고 했다. 그녀는 그의 희고 고운 손가락이 얼마나 매력적이었는지에 관해 두 번이나 이야기를 했다.

'대체 어떤 놈이지?'

강유진은 끓어오르는 질투심을 누르고 차에서 내렸다.

카페의 문을 열고 들어섰다.

크리스마스 장식으로 카페는 이국적으로 보였다.

강유진은 자연스럽게 카페 안을 둘러보았다.

라이브로 음악을 감상할 수 있도록 안쪽에 작은 무대가 설치되어 있다.

무대의 좌측에 예의 그 피아노가 보였다. 피아노 위에는 임지연이 말하던 연주자의 수고에 보답하기 위한 투명한 플라스틱 통이 있다.

그 통을 보자 피식하고 웃음이 났다.

임지연은 거기에 만 원짜리 두 장을 넣었다고 했다.

그리고 인사를 건네려고 하는데 다른 사람들이 뒤따라 와서 십만 원씩 넣었단다.

"그걸 보고 얼른 자리로 돌아갔죠. 덕분에 말 한마디 건네 보지 못했어요. 그런데 사실 그 정도로 훌륭한 연주는 아니었어요. 그냥 기분 좋게 차나 한잔 마시라고 돈을 넣었다가, 저만 아주 망신살이 뻗쳤죠. 우리나라 사람들은 왜 그런데 가서 돈을 막 쏟아 붓는지 모르겠어요. 그 남자가 연주하는 모습이 매력적이긴 했지만, 십만 원이나 주고 들을 정도의 연주는 아니었거든요."

강유진이 적당한 자리를 찾아 앉자 이십 대 후반의 여자가 다가왔다.

볼륨 있는 몸매와 예쁜 얼굴이다.

여자는 자연스럽게 강유진의 옆자리에 앉았다.

"어서 오세요. 그런데 첨 뵙는 분이시네요. 저는 여기 주인이에요. 이서진이라고 해요.”

이서진이 명함을 꺼내 강유진의 앞에 놓았다.

“네, 아는 사람이 여기 분위기가 좋다고 해서 와봤습니다.”

강유진은 이름을 말하지 않았다.

카페 여주인에게 볼일이 없으니 당연하다. 자신이 오늘 이곳에 온 것은 오직 임지연에게 눈도장을 찍기 위해서였다.

이서진이 조금 당황한 얼굴로 강유진을 바라보았다.

보통의 남자들은 자신이 먼저 다가가면 황송해서 몸 둘 바를 몰라 했다. 그런데 이 남자는 아무런 관심도 보이지 않고 있다.

‘여자를 기다리나?’

이서진은 왠지 그럴 것 같았다.

다른 여자를 기다리고 있는 거라면 눈치가 보일만도 하다.

“혹시 일행이 있으세요?”

“없습니다.”

‘뭐야 이 남자?’

이서진은 재빨리 남자를 훑어보았다.

명품인지는 모르겠지만 고급스러워 보이는 양복에 역시 흔치 않은 넥타이를 맸다.

옷도 옷이지만 이목구비가 반듯한 전형적인 미소년 스타일이다.

흐릿한 조명 임에도 피부에서 빛이 나는 것 같다.

'이 남자가 나를 바라봐 주면 얼마나 좋을까?'

하지만 남자의 태도를 보니 쉽지 않을 것 같다.

그러면서도 한편으로는 혼자서 온 주제에 자신을 거들떠도 보지 않는 남자가 얄미웠다.

"그럼 제가 잠깐 옆에 앉아서 친구해 드려도 될까요?"

"죄송합니다. 혼자 있고 싶군요."

강유진은 정중히 거절했다.

"아, 네, 그럼 좋은 시간 되세요. 혹시 필요한 게 있으면 저를 부르시고요."

이서진이 어색하게 웃으며 자리에서 일어섰다.

카운터로 돌아가는 이서진의 얼굴은 새빨갛게 달아올라 있었다.

사실 매니저에 직원까지 있으니 굳이 나와 있지 않아도 된다.

크리스마스 전야에 분위기 잡으며 차라도 한잔 마시려고 나왔다가 이게 무슨 꼴인지!

카운터에 돌아와 고개를 푹 숙인 이서진에게 매니저 윤예지가 물었다.

"사장님, 머리 아프면 들어가서 좀 쉬세요."

"머리 아파서 그러는 거 아냐."

"그럼 무슨 일 있으세요?"

이서진이 살짝 고개를 들어 올렸다.

"저기 검은 양복입고 혼자 앉아 있는 남자 있지?"

윤예지는 단박에 누구를 말하는지 알아봤다. 카페 안에 혼자 있는 손님이 그밖에 없어서다.

"네, 영화배우 뺨치게 생긴 남자 말씀이시죠? 아까 들어올 때 보니까 얼굴이 예술이던데."

"그래, 그 사람. 혼자 왔다길래 불쌍해 보여서 잠깐 옆에 앉아 줬거든……."

"어머! 저 남자가 사장님을 성추행했어요? 신고할까요?"

"아니, 그게 아니라…… 혼자 있고 싶다고 가라잖아. 이게 무슨 개망신이니?"

"어머, 어머…… 언니를 보고도 가라는 말을 해요?"

윤예지는 믿어지지 않는다는 얼굴이다.

미녀로 소문난 여사장을 보기 위해 찾아오는 단골이 수십 명이나 된다. 그런 여사장이 먼저 접근했는데 가라고 했다니?

윤예지가 한껏 소리를 낮춰 속삭였다.

"사장님, 저사람 게이에요. 게이."

"아!"

이서진의 입에서 탄성이 흘러나왔다.

맞다 게이.

게이가 아니고서는 그럴 리가 없다.

그제야 마음이 편해졌다.

이서진은 다시 자신감을 회복하고 생글생글 웃기 시작했다.

9시가 되자 카페는 빈자리를 찾아보기 어려울 정도로 꽉 찼다.

강유진은 시계를 확인했다.

벽에 붙어 있는 일정표에 따르면 라이브를 할 시간이다.

지나가던 매니저에게 잡고 라이브에 대해 물었다.

윤예지가 배시시 웃으며 말했다.

"보통은 카페에서 고용한 아르바이트생이 연주를 해요. 가끔은 손님들 가운데 원하는 사람이 할 때도 있고요."

"손님도 연주를 할 수가 있는 건가요?"

"네, 물론이죠. 그런데 오늘은 아마 하겠다는 분이 없을 지도 몰라요."

"왜요?"

"특별히 크리스마스이브라서 박용진 씨라고 전문 연주자를 섭외했거든요. 아르바이트생이 연주하면 가끔 손님들도 연주를 하시는데, 피아니스트가 나오면 다들 피하시더라고요. 물론 약간 마이너한 분이기는 하지만, 모처럼 전문가를 섭외한 날이니까, 손님도 기대해 주세요."

"아, 네."

분명히 임지연이 반했다는 그 남자일 것이다.

피아노 쪽을 보니 20대 중반의 남자가 손을 풀고 있는 게 보인다. 피아니스트 박용진일 게다. 임지연의 말처럼 희고 고운 손이다.

강유진은 급히 주변을 둘러보았다.

그러나 임지연은 보이지 않았다.

피아니스트 박용진이 연주를 시작했다.

첫 번째 곡은 인기를 끌었던 드라마 '비단꽃향무'의 주제곡 '비가(悲歌)'였다.

조금 빠른 듯하지만 서정적인 멜로디가 카페에 울려 퍼졌다.

소곤소곤 대화를 나누던 사람들은 모두 입을 다물었다.

'비가'의 연주가 끝날 무렵, 카페의 문이 열렸다.

저도 모르게 입구로 고개를 돌리던 강유진의 눈이 반짝였다.

임지연이었다.

짙은 파란색의 투피스는 마치 여고의 교복처럼 단정했다.

이시기의 임지연은 스무 살 임에도 이미 졸업을 앞두고 있다.

뛰어난 지능과 달리 그녀의 옷차림은 소박해서 남자들의 이목을 끌지 못했다.

친구들이 자리를 잡고 있었던 듯 세 명의 여자들이 그녀를 향해 손을 흔들었다.

임지연이 강유진의 곁을 스치고 지나갔다.

흐릿한 조명 아래에서 임지연과 강유진의 시선이 마주쳤다.

순간 강유진은 저도 모르게 눈인사를 건네고 말았다.

임지연이 웃으며 고개를 살짝 까닥였다.

그것으로 끝이다.

임지연은 친구들이 만들어 준 자리로 가서 앉았다.

임지연이 앉는 순간 연주가 끝났다.

짝짝짝.

카페는 박수로 가득 찼다.

박용진은 잠시 호흡을 가다듬은 후 다시 연주를 시작했다.

곧이어 리차드 클레이더만의 '가을의 속삭임(A Comme Amour)'이 울려 퍼졌다. 조금 전의 드라마 연주와는 질적으로 다른 리듬과 음색이다.

듣는 사람들 모두가 감동한 얼굴이다.

CF에서나 조금씩 듣던 음악을 카페에서 듣게 되다니!

강유진은 임지연 쪽으로 고개를 돌렸다.

아니나 다를까!

임지연은 벌써부터 몽롱한 표정이다.

박용진의 연주가 끝이 났다.

휘익!

짝짝짝!

청중의 반응도 드라마 주제곡과는 달랐다.

휘파람 소리와 박수 소리가 한동안 계속됐다.

연주는 그것으로 끝인 듯 박용진은 피아노 옆의 의자로 자리를 옮겼다.

그때다.

앞쪽에 앉아있던 임지연이 자리에서 벌떡 일어섰다.

그리고 씩씩하게 피아노로 다가갔다.

임지연이 박용진에게 귀엽게 인사를 했다.

박용진이 웃으며 고개를 끄덕였다.

잠시 후 임지연이 돈을 꺼내 투명한 플라스틱 통에 넣었다.

강유진은 그게 2만원이라는 걸 알고 있었다.

조금 전까지 미소를 짓고 있던 박용진의 얼굴이 살짝 변했다.

곧이어 강유진은 과거에 임지연이 말하지 못한 진실을 목격할 수 있었다.

박용진이 뭐라고 말을 건네는 임지연을 외면한 것이다.

임지연의 얼굴이 빨갛게 달아올랐다.

'아!'

실로 절묘한 타이밍이었다.

박용진은 서로의 시선이 엇갈려 못 본 것처럼 행동했다.

하지만 누구보다 임지연 자신은 그게 사실이 아니라는 걸 알았던 것 같다.

'저런 놈의 손가락이 그렇게 인상적이었다니!'

그 뒤로는 임지연의 말대로 였다.

대여섯 명의 남자들이 다가와 보란 듯이 돈뭉치를 통에 넣었다.

그럴 때마다 박용진은 자리에서 일어나 고개를 숙여 보였다.

사십 대 후반의 남자가 나가서 하얀 수표 몇 장을 투하하자 분위기는 절정으로 치달았다.

사람들은 '누가 더 많이 내느냐?' 로 승부를 하는 것 같았다.

만약 그런 거라면 승자는 방금 정해진 것 같다.

아니나 다를까?

어딘가에서 보고 있던 여사장이 쪼르르 달려 나가 박용진과 함께 머리를 조아렸다.

사십 대 후반의 남자가 껄껄 웃으며 여사장의 어깨를 다독였다.

그러는 동안 임지연은 조용히 자리로 돌아갔다.

카운터에 있던 여직원 하나가 다시 잔잔한 음악을 틀었다.

강유진이 매니저에게 손짓을 보냈다.

윤예지가 생글생글 웃으며 다가왔다.

단순히 접대용 미소가 아니라 생기가 흘러넘치는 미소다.

“네에, 무슨 일로 부르셨어요?”

“손님이 원하면 연주를 해도 괜찮다고 하셨죠?”

“네에, 지금 연주하시게요?”

윤예지의 눈이 커다랗게 떠졌다.

방금 전문 연주가의 연주가 끝나서 아마추어들은 몸을 사릴 시간인데, 이게 무슨 일인가 싶다.

“네, 저분의 연주를 들으니 저도 한번 해 보고 싶어서요.”

윤예지가 알았다는 듯 고개를 끄덕였다.

손님들의 깜짝 연주는 카페를 운영하는데 큰 힘이 된다.

“그러세요. 무대로 나가시면 제가 음악을 끌게요.”

“알겠습니다. 지금 시작하겠습니다.”

말과 함께 강유진이 자리에서 일어섰다.

임지연의 마음을 풀어 주려면 서둘러야 했다.

윤예지는 황급히 카운터로 가서 CD 플레이어의 STOP 버튼 위에 손가락을 얹었다. 물론 그가 무대에 오르기 전까지 정지시키지 않을 것이다.

대중 앞에서 연주를 한다는 것은 쉬운 일이 아니다. 보기에는 별거 아닌 것 같지만 막상 하려면 꽤나 큰 용기를 필요로 한다. 연주를 하겠다고 신청했다가 막상 피아노 앞에 가서 포기하는 손님도 많다. 경험이 적은 젊은 사람일수록 더 심했다.

윤예지는 남자의 뒷모습을 보며 마음속으로 응원했다.

'파이팅!'

강유진은 거침없이 피아노 앞으로 다가갔다.

그리고 조금 전까지 연주했던 박용진을 힐끗 바라보았다.

박용진이 '할 테면 해 보라' 는 듯 여유로운 미소로 피아노를 가리켜 보였다.

강유진은 두 손으로 피아노의 의자를 잡아 뺀 뒤에, 갑자기 돌아서서 임지연에게로 다가갔다.

임지연은 물론 그녀의 동행들까지 모두 호기심 어린 얼굴로 강유진을 바라보았다.

"피아노 연주를 좋아하시는 것 같던데, 특별히 듣고 싶은 곡이 있나요?"

당황한 임지연은 아무 말도 하지 않았다.

조금 전에 박용진에게 무시를 당해 기분이 가라앉은 상태였다.

"없으시다면 제가 좋아하는 곡으로 하지요. 그리고 저 사람의 연주는 그 정도 가치 밖에 없습니다. 그러니 너무 신경 쓰지 마세요."

"네?"

강유진은 놀란 눈의 임지연을 뒤로하고 피아노로 돌아갔다.

그가 피아노 의자 앞에 앉자 윤예지는 CD 플레이어의 정지 버튼을 눌렀다.

음악이 툭 끊어지자 사람들의 시선이 무대로 향했다.

피아노 앞에 앉은 남자를 발견한 사람들이 소곤거렸다.

"누구야?"

"손님 같은데?"

"피아니스트 뒤의 연주라니, 용자(勇者)네."

"젓가락 행진곡이라도 치려나?"

"난 '엘리제를 위하여' 라는데 만 원 건다."

여사장 이서진이 윤예지의 옆구리를 쿡 찔렀다.

"저 남자가 연주한데?"

"네."

"그런데 왜 안 해? 못할 거 같은데 그냥 시디나 틀어줘."

"그럴까요?"

윤예지가 막 손끝에 힘을 가하려는 순간이다.

남자의 희고 가느다란 손가락이 피아노 건반 위를 스치고 지나갔다.

곧이어 맑고 투명한 음색이 카페에 울려 퍼졌다.

조금 전과 같은 피아노 임에도 불구하고 소리가 달랐다.

여사장 이서진의 입에서 탄성이 흘러나왔다.

"아! 진짜 잘 친다."

"사장님, 이거 제목이 뭐예요? 어디서 들었던 거 같은데?"

"스티브 바라캇의 'Rainbow Bridge'야. 근데 스티브 바라캇보다 더 잘 치는 거 같아. 저 사람도 피아니스트인 것 같은데?"

"정말요?"

"보면 몰라? 저기 멍하니 보고 있는 박용진 씨보다 훨씬 더 잘 치잖아. 이 정도는 연주회 가도 듣기 어려워."

연주회를 많이 다녀본 이서진의 말에 윤예지는 고개만 끄덕였다.

사장과 달리 연주회는 못 다녀 봤다. 그러나 조금 전의 박용진과 비교하면 고등학생과 대학생의 차이가 느껴졌다.

카페에 있는 손님들은 숨도 크게 쉬지 않았다.

연주가 끝났다.

곧이어 우레와 같은 박수 소리가 터져 나왔다.

"앵콜!"

"휘이익!"

"앵콜 부탁해요!"

카페 안이 "앵콜" 소리로 가득했다.

자리에서 일어난 강유진이 우아하게 허리를 숙여 인사했다.

그리고 돌연 검지손가락으로 임지연을 가리켰다.

임지연의 눈이 휘둥그렇게 떠졌다.

강유진이 피아노 옆에 설치되어 있던 마이크를 잡았다.

"이번에는 거기 앉아 계신 교복 아가씨를 위해 연주해 드리겠습니다."

'교복 아가씨' 라는 말에 사람들이 "와아아"하고 웃었다.

"멋있다!"

"낭만적이에요!"

사람들의 격려에 임지연이 고개를 푹 숙였다.

이번에는 '파가니니 주제에 의한 광시곡 중 제 18 변주' 가 흘러나왔다.

맑으면서도 깊이 있는 울림에 사람들은 숨 쉬는 것조차 잊었다.

얼마나 시간이 지났을까?

영원히 계속되기를 바라던 연주가 끝났다.

사람들은 아무 말도 하지 않았다.

아직 자신들만의 생각에 잠겨 헤어 나오질 못하고 있는 것이다.

강유진이 자리에서 일어나면서 "드르륵"하고 의자 끌리는 소리가 났다.

그제야 정신을 차린 사람들이 미친 듯 박수를 쳤다.

곧이어 남자와 여자들이 앞 다퉈 무대로 나갔다.

그들의 손이 플라스틱 통으로 향했다.

돈을 넣으려는 것이다.

강유진이 재빨리 통을 잡아서 피아노 위에 거꾸로 엎었다.

그리고 싫다는 듯 검지손가락을 세워 좌우로 흔들어 보였다.

우두커니 서 있던 사람들이 이번에는 강유진에게 악수를 청했다.

한꺼번에 많은 사람들이 손을 내밀자 강유진은 무대 앞으로 나가 청중들에게 정중히 인사하는 것으로 대신했다.

카페가 진동할 정도의 박수 소리가 다시 한 번 터져 나왔다.

강유진은 자기 자리로 돌아가지 않고 임지연 일행이 있는 곳으로 걸어갔다.

또래로 보이는 여자 넷이 옹기종기 모여 앉았다.

한눈에 보아도 모두가 대학생들 같다.

임지연과 7살 차이가 나는 강유진의 입장에서 볼 때 까마득한 동생들이다.

"여러분, 이것도 인연인데 제가 한잔 사도 되겠습니까?"

여자들이 이구동성으로 소리쳤다.

"네에!"

여자들의 합창 같은 외침에 주변의 손님들이 힐끔힐끔 쳐다보았다.

그렇게 강유진은 임지연과 다시 만났다.

*　　　*　　　*

카페에서 나온 임지연과 그녀의 친구들의 입에서 환호성이 터져 나왔다.

모두를 바래다주겠다며 강유진이 끌고 온 차가 붉은 페라리인 탓이다.

특히나 자동차를 좋아하는 임지연은 그게 최신형 360 모데나라는 걸 알고 속으로 혀를 내둘렀다.

피아니스트가 아니라 회사원이라고 했으면서 페라리를 몰고 다니다니!

친구들의 양보로 조수석에 올라탄 임지연이 입술을 삐죽이며 말했다.

"부모님이 부자신가 봐요? 젊은 나이에 페라리를 가지고 다니시고."

"아니요. 가난한 집안의 외동아들입니다."

"피이! 거짓말. 그런데 어떻게 이런 차를 몰아요?"

"이건 제가 벌어서 지난달에 산겁니다. 부모님에게 물려받은 유산은 성북동의 빌라 한 채 밖에 없어요."

"유산요? 그럼 부모님이 안계세요?"

"네, 4년 전에 두 분 다 돌아가셨습니다."

"아, 그러셨구나. 죄송해요. 괜한 걸 물어서."

"아닙니다. 사람은 누구나 한 번 태어나면 죽는 거니까요."

뒷좌석에 앉아 있던 임지연의 친구가 물었다.

"그런데 오빠는 어디 회사 다니세요?"

젊은 나이에 페라리를 끌고 다니니 궁금했던 모양이다.

비싼 칵테일을 한잔씩 사줬더니 오빠라는 소리가 술술 나온다.

"대성그룹에 다니고 있습니다."

"와아! 대성그룹! 대기업에 다니시는구나!"

"대성그룹 입사하기 힘들죠?"

"우리 선배님들도 많이 떨어지던데."

친구들과 시시덕거리는 강유진에게 임지연이 다시 시큰둥한 어조로 물었다.

"단순히 월급이 많아서 페라리를 사신 거예요?"

강유진이 담담한 미소로 답했다.

"아니요. 엔진 소리가 마음에 들어서요. 강한 힘과 의지가 제게 고스란히 전해지는 느낌이 들거든요. 부모님께 빌라 하나를 물려받았으니 집 걱정은 없고, 제가 버는 것 정도는 저를 위해서 써도 되지 않겠습니까? 자동차는 어른 남자에게 소중한 장난감이기도

합니다. 다른 무엇과 비교할 수 없죠."

"나중에 애인이 싫어하면요?"

"예?"

갑작스러운 질문에 강유진은 정신이 없었다.

애인이 싫어할 리가 없지 않은가!

슈퍼카의 엔진 소리에 심장이 쿵쿵 뛴다던 사람이 누군데!

"힘들게 번 돈을 집에다 가져다주지 않고 비싼 장난감에 다 써 버리면 누가 좋아하겠어요? 엔조이 상대라면 모를까, 진지하게 사귀면서 좋아할 여자는 없어요."

임지연은 마치 바가지라도 긁은 아내처럼 말했다.

놀란 강유진은 묻지 않을 수 없었다.

"지연 씨는 자동차 싫어해요?"

"솔직히 보란 듯이 비싼 수입차를 가지고 다니는 사람들을 별로 안 좋아해요."

'헉!'

강유진은 억울했다.

자동차를 좋아한다는 임지연의 말에 연봉을 다 쏟아 부었건만 이게 무슨 날벼락이란 말인가!

멘탈이 붕괴되고 있는 강유진의 귀로 임지연의 살짝 꼬인 음성이 들려왔다.

“엔진 소리에 심장이 쿵쿵 거리는 거 느끼고 싶으면 경운기를 타시면 되겠네요.”

다급해진 강유진은 자신도 모르게 속에 있는 말을 급하게 내뱉었다.

“그렇게 말씀하시면 저 정말 경운기로 바꿉니다?”

“…….”

임지연은 일순 할 말을 잃고 앞만 바라보았다.

왜 갑자기 그를 비난했는지 모르지만, 자신의 말에 경운기로 바꾸겠다니 당혹스러웠다.

그러면서도 한편으로는 뭔가 가슴이 뿌듯하게 차오르는 기분이 든다.

그건 자동차의 엔진음 따위로 채울 수 없는 특별한 느낌이었다.

임지연이 곁눈질로 강유진을 힐끔 바라보았다.

“제가 애인도 아닌데 왜 그걸 저에게 물으세요?”

말은 퉁명스럽게 했지만 임지연의 가슴은 두근거렸다.

‘그는 뭐라고 말할까?’

강유진이 정면을 응시하며 말했다.

“혹시 지금 사귀고 있는 애인이 있으세요?”

강유진은 너무도 다른 현실 앞에 덜컥 겁이 났다.

그러나 사실 임지연이 자동차를 좋아하게 된 것은 몇 년 후의 일이다. 연구소에 틀어박혀 지내다가 드라이브를 즐기게 된 것이다. 다른 것은 변하지 않았다.

"없는데요."

강유진은 내심 안도의 한숨을 내쉬었다.

그런 강유진의 모습을 보고 있던 임지연의 친구들이 놀렸다.

"어머, 지연이 애인 없다니까 좋아하는 거 봐."

"너도 봤어? 나만 본 줄 알았네."

"이제 두 사람 사귀는 건가요?"

친구들의 농담에 임지연의 얼굴이 금방 발갛게 물들었다.

갑자기 강유진이 자동차를 갓길에 세웠다.

"왜요? 빵구라도 났어요?"

"견인차 부르시게요?"

뒷자리의 여대생들이 참새 떼처럼 재잘댔다.

강유진이 지갑에서 명함을 꺼내 임지연에게 내밀었다.

"사귀라는 말이 나온 김에 제 명함을 드리려고요."

임지연은 얼떨결에 명함을 받았다.

강유진이 진지한 얼굴로 임지연에게 말했다.

"제가 임지연 씨를 잘 모르고 있는 것 같습니다. 앞으로 더 잘 알고 싶습니다. 말씀하신 대로 자동차 수집의 취미는 버리도록 하겠습니다. 사실 남자의 가슴을 뛰게 만드는 건, 엔진이 아니라 사랑하는 사람의 격려죠. 저를 격려해 주신다면, 무엇을 생각하시건 그 이상의 사람이 되도록 노력하겠습니다. 저에 대해 더 알고 싶다는 마음이 생기면 언제라도 연락 주세요."

"……."

임지연과 친구들은 일순 멍한 얼굴로 강유진을 바라보았다.

그의 얼굴에서는 조금의 장난기도 찾아볼 수 없었다. 농담이 진담으로 변하는 순간이었다.

명함을 건넨 강유진은 아무 일도 없었다는 듯 다시 가속페달을 밟았다.

잠시 후 강유진은 그녀들을 원하는 목적지인 송파에 내려 준 뒤, 미련 없이 떠났다.

2001년 12월 24일 늦은 밤이었다.

*　　*　　*

현관을 들어선 임지연은 넋이 나간 얼굴이다.

가족들이 늦게까지 거실에 모여 놀고 있었지만, 임지연은 방으로 들어갔다.

고3인 남동생 임지민이 따라와 문을 두드리며 나오라고 불렀다.

그러나 임지연은 대답도 하지 않았다.

"뭐야 누나! 사춘기야? 남자에게 차였어?"

혼자서 뭐라고 떠들던 임지민이 거실로 돌아갔다.

침대 위에 우두커니 앉아 있던 임지연은 주머니에서 명함을 꺼냈다.

'대성그룹 전략사업부 대리 강유진' 이라는 글자가 눈에 들어온다.

'회사원이라는 사람이 그렇게 피아노를 잘 치다니?'

생각할수록 신기하다.

박용진에게 무시당해서 기분 나빠하고 있을 때 그가 말했다.

"저 사람의 연주는 그 정도 가치 밖에 없습니다. 그러니 너무 신경 쓰지 마세요."

아무도 보는 사람이 없는데 얼굴이 달아올랐다.

그 사람은 어쩌면 그렇게 자신의 마음을 잘 알아줄까?

문득 피아노 선율에 몸을 맡기고 가볍게 상체를 흔들던 그의 모습이 떠올랐다.

그 진지한 얼굴을 생각하는 것만으로도 심장의 박동 수가 올라간다.

지금도 귓가에 그의 음성이 쟁쟁 울리는 듯하다.

"제가 임지연 씨를 잘 모르고 있는 것 같습니다. 앞으로 더 잘 알고 싶습니다. 말씀하신 대로 자동차 수집의 취미는 버리도록 하겠습니다. 사실 남자의 가슴을 뛰게 만드는 건, 엔진이 아니라 사랑하는 사람의 격려죠. 저를 격려해 주신다면, 무엇을 생각하시건 그 이상의 사람이 되도록 노력하겠습니다. 저에 대해 더 알고 싶다는 마음이 생기면 언제라도 연락 주세요."

임지연은 가만히 자신의 PDA폰을 꺼내 강유진의 이름과 전화번호를 입력했다.

전화번호를 저장한 것만으로도 벌써 가슴이 두근거린다.

당장 달려가서 그를 만나고 싶었다.

차에서 그에게 툴툴거렸던 걸 사과하고 싶었다. 그건 친구들하고 너무 잘 어울리는 게 보기 싫어서였다. 한마디로 질투를 했던 거다.

남자를 향해 이런 감정을 느끼기는 처음이다.

어쩌면 동생의 말대로 늦게 사춘기가 찾아온 걸까?

휴대폰을 만지작거리던 임지연이 중얼거렸다.

"지금 문자를 보내면 이상한가?"

어쩌면 너무 쉬운 여자로 보일지도 모른다.

휴대폰을 놓았다 들었다를 반복하던 임지연은 한참 만에 한 문장을 완성했다.

[당신은 누구신가요?]

잠시 후, 두 눈을 질끈 감고 "발송" 버튼을 눌렀다.

〈완결〉